刃の叫び

はぐれ武士・松永九郎兵衛

小杉健治

幻冬舎時代小説文庫

刃の叫び　はぐれ武士・松永九郎兵衛

目次

第一章　お抱え力士

一

冷え込んだ江戸の町に、霜がおりる。明け六つ（午前六時）の鐘も凍るばかりに音が冴えている。雪がちらちらと降っている。

並木の枝からも、昨夜の風で、葉が落ちた。

上野山の麓にある忍岡稲荷《しのぶがおかいなり》の落ち葉を踏みながら、浪人松永九郎兵衛《まつながくろべえ》は突き抜けた先の庵《いおり》に差し掛かった。

三十歳半ばになり、寒さに幾分か弱くなった。隆々とした体に黒地の地味な羽織、着物はそれよりさらに深い黒、太縞の羽二重《はぶたえ》の袴を穿《は》いている。裾から入る寒気が、肌を突き刺すように痛かった。

庵の門口には、九郎兵衛より頭ひとつ分背の低い十六、七の小柄な娘が立っていた。

白い肌で、耳や指先は真っ赤だが、寒そうな素振りは全く見せない。足元を見ると、裸足に下駄であった。

娘は九郎兵衛を見上げるように、

「松永九郎兵衛さまでございますね」

と、確かめてきた。

「いかにも」

九郎兵衛は頷《うなず》く。

「お待ちしておりました」

娘は機敏に門を開け、九郎兵衛を招き入れた。

飛び石が九つ、娘は下駄であるのに音を立てずに庭を通り抜けた。

九郎兵衛は数歩遅れて進む。

表戸を開けて土間に入ると、左右に大きな火鉢が置かれており、暖かい。衝立《ついたて》の向こうから、足音が聞こえてきた。

やってきたのは、芝神明町《しばしんめいちょう》に店を構える幕府御用商人の鯰屋権太夫《なまずやごんだゆう》、五十過ぎには見えないほど肌艶がよかった。数か月前に会った時よりも、幾らか頬がすっきりして、余計に若々しくなっていた。

相変わらず物腰が柔らかく、優しい表情を繕っているが、目の奥には何ともいえない怪しい光が満ちていた。

この男に呼ばれる時は、大抵面倒なことを頼まれる時。

だが、九郎兵衛は断れない。

無実の罪で捕まっていた身を、牢から出してくれたのがこの権太夫で、恩義がある。それに、九郎兵衛の妹は、権太夫のおかげで葛尾《かつらお》藩主の側室となっている。

その妹に、男子が生まれた。

正室との間には男子がいないので、いわば九郎兵衛と同じ血を引く者が次期藩主となるかもしれない。

「さあさ、こちらへ」

権太夫は廊下を奥に進んだ。

突き当たりを右に曲がった先に襖《ふすま》が見える。権太夫はその前に膝を突き、女中のように熟《こな》れた動作で襖を開けた。

十六畳ほどの広さである。

鼻梁《びりよう》が高く、流れるような目、引き締まった顔つきの四十代半ばくらいの武士が座っていた。

着流し姿であったが、どことなく威厳が漂っている。着ている物からしても、かなり地位が高そうだ。

九郎兵衛は訝《いぶか》しく思いながら、その武士の正面に座った。

武士は鋭い顎を引きながら、権太夫を見た。

権太夫は九郎兵衛とその武士と等間隔に斜めに腰を下ろした。

「久世《くぜ》さま」

権太夫が呼びかけた。

「こちらが、松永九郎兵衛さまにございます」

続けて、

「松永さま、こちらは大目付の久世能登守敦盛《のとのかみあつもり》さまにございます」

と、紹介した。

大目付といえば、老中の下で、大名の監察や取り締まりを行う役である。

久世は咳払いしてから、

「美濃守《みののかみ》から聞いておる」

と、言った。

正木《まさき》美濃守忠次《ただつぐ》、九郎兵衛の妹が美濃守の側室だ。

「どれも良い噂ばかりだ」

久世は付け加えた。

「さて」

権太夫は珍しく、すぐに本題に入った。

「松永さまに、殺して欲しい者がいらっしゃるそうです」

あっさりと告げる。

（またも殺しの依頼か。俺は殺し屋に成り下がったのか）

九郎兵衛は心のうちで、自嘲した。

久世は続けて口を開いた。

「鉄車力也《てつぐるまりきや》という相撲取りだ」

「鉄車力也といえば……」

「存じておるようだな」

「相撲は詳しくはございませぬが、先日、回向院《えこういん》を通った際に、鉄車という幟《のぼり》を目にしました。変わった四股名《しこな》だったので、覚えておりまする」

九郎兵衛は淡々と答える。

久世は九郎兵衛を真っすぐに見つめて、

「一筋縄ではいかぬと思うが」

と、懐から厚みのある袱紗《ふくさ》を取り出した。

ざっと二十両。

九郎兵衛はまだ手を伸ばさなかった。

「それと、さる旗本の家臣に取り立てる」

「さる旗本？」

「まだ名前は伏せておくが、出世頭だ」

「左様で……」

九郎兵衛は久世の目の奥を覗き込みながら答えた。

「不服か」

久世は心配そうにきく。

「そのような旗本の家臣が、拙者に務まるとは思えませぬ」

浪人を続けているのも、組織のしがらみに縛られたくないためである。だが、大目付という、幕府の中で出世頭ともいえる昇進をはたしている久世に、そのようなことを伝えても理解してもらえるとは到底思えない。

久世は困ったように、権太夫を見た。

「松永さまらしい」

権太夫はいかにもそう答えるとわかっていたかのように、したたかに笑った。そして、ひと呼吸置いてから、「松永さまにいつまでも細やかな仕事をさせておく訳にもいきませんからな。しかし、旗本のご家来といっても、忙しくなることはないでしょうから」

権太夫は久世を横目で見て、合図した。

久世は扇子で軽く膝を打ち、

「そこで数年勤め上げてもらった後に、また別の役職を用意することもできる。それこそ、お主を旗本として取り立てることもできる。さ、どうじゃ」

と、迫った。

この件を受けるかどうかに拘《かかわ》らず、今後も権太夫の指示を受けざるを得ないだろう。

(それに、悪くない話やもしれぬ)

そう心の中で思った時、権太夫が九郎兵衛の心の中を見透かしたように、にやりとした。

払拭するかのように、

「はじめに断っておきますが、拙者は悪人以外は斬りませぬ」

と、九郎兵衛はぴしりと言った。

「うむ」

久世は頷く。

そして、説明を求めるかのように、権太夫に目を向けた。

「良くも悪くも、相撲好きで大関、鉄車の名を知らない者はおりません。関取になってから七年経ちますが、負けはわずか三度のみ。現役の関取では一番の実力者でしょう」

「力士の最高位は横綱ではないのか」

「最高位は大関です。しかし、力量、品格共に認められている者には、横綱の称号が与えられます」

「とすると、最も強い鉄車であっても、横綱として認められないのには当人に何か問題があるようだな」

「その通り。素行が悪うございます」

権太夫は答える。

さらに、続けた。

「稽古中に弟弟子を可愛がりと称して殺したり、取組中にも激しい肘鉄を喰らわせて、相手が亡くなる事態も起こっています」

「かなりの乱暴者ということか」

「ええ、手の付けられないほどに」

「相撲取りというのは、大名が抱えているとよくいうが」

「はい、鉄車も」

「どの大名のお抱えだ」

「安芸鏡山《あきかがみやま》藩、小早川勝元《こばやかわかつもと》さまでございます」

権太夫が言った。

「小早川さまか」

「何か縁が？」

「いや、ないが」

九郎兵衛は首を横に振った。

久世に目を向けると、久世は鋭い目つきで九郎兵衛をまじまじと見ている。

「ない方がよい」

久世が低い声で言った。

「どういうことで……」

九郎兵衛は首を傾《かし》げる。

「あやつと関わっていたら、面倒なだけだ」

久世はとげとげしく言った。

九郎兵衛はさらに小早川のことを訊こうとした。

だが、権太夫が間に入った。

「ともかく、本日は以上にございます。久世さまもお忙しい故、今後のことは、全てこの権太夫に御申し付けくださいまし」

「うむ」

久世は立ち上がった。

それと同時に、襖が開いた。廊下には、さっき出迎えてくれた娘がいた。襖を押さえている。

九郎兵衛は権太夫と、久世を表まで送りに出た。

空には厚い雲が多い。風も強かった。

門まで付いていくと、

「では、御免」

久世は娘と共に去った。

少しすると靄《もや》がたちこめ、ふたりの後ろ姿は、見えなくなった。

「一度、戻りましょうか」

権太夫は引き返した。

さっきの部屋に戻る途中、この庵のことを話してくれた。

元々、安土桃山《あづちももやま》時代から寛永《かんえい》年間まで活躍していた天台宗の大僧正、天海《てんかい》が応接に使うために建てたのが、この庵で、南光坊《なんこうぼう》という天海の尊称から取って、南光庵と称されているという。

この庵に使われている材木は、天海自らが創建した寛永寺と同じものを使っているそうだ。

そこまで聞かされたところで、ふたりは丁度部屋に入った。

互いに、向かい合って座った。

「これ」

権太夫が廊下に向かって、手を三度叩いた。

すると、久世と去ったはずのさっきの娘が現れた。

「茶と菓子を」

「はい」

娘はそそくさと部屋を出た。

九郎兵衛は見誤ったのかと思いながらも、

「あの娘は？」

と、きいた。

「この南光庵の管理をしている者にございます」

「能登守さまをお送りに行ったではないか」

「戻ってきました」

「されど、つい先ほどぞ」

「足が速いだけが、取り柄でして」

権太夫は平然と答えた。

娘が部屋に茶と菓子を運んできた。九郎兵衛はじろりと娘を見る。娘は居心地悪そうに、伏し目がちに、「失礼いたしました」と言って去った。

「お気に召しましたかな」

権太夫が冗談めかしてきいた。

「お前さんも、わかっているであろう」

何を言わんとしているのかわかっていながら、知らぬふりをする癖がある。それを楽しむ節もある。

「双子にございますよ」

「まことそっくりでございますが、よく見れば違います。さあさ」

召し上がれとばかりに、茶と菓子を勧めてくる。

九郎兵衛は訝しみながら、茶を口にした。

渋みがあり、九郎兵衛の好みであった。

「この庵を管理していると言っていたが、その者がどうしてお前さんの言うことを聞くのだ」

九郎兵衛は湯呑を置いてから、問い詰めた。

「訳あって、こちらは私の持ち物になっております。それで、あのふたりに託している次第で」

「そうなると、あの双子も只者ではなさそうだが」

「いえ、以前『鯰屋』に勤めていた奉公人の娘でしてね。その者が亡くなったので、私が親代わりとして育てていたのでございますよ」

権太夫はこの茶が濃すぎるという具合に、顔をしかめた。

「失礼」

そう言い、

「さて、先ほどの件ですが」

と、切り出した。

「今回は鉄車力也を殺していただければよろしいのでございますが……」

権太夫は意味ありげに、言葉尻をにごした。

「だが、何かあるのか」

九郎兵衛はきいた。

「一筋縄ではいかないでしょうな」

「というと？」

「まず、鉄車は腕っぷしもさることながら、剣を取っても、腕は一流。天然理心流《てんねんりしん》の免許皆伝です」

「相手がひとりであれば」

九郎兵衛に、負ける気はしない。

生涯、負けた者はただひとりだけだ。その相手もすでに斬り殺している。

「いえ」

権太夫が首を小さく傾げる。

「鉄車には仲間がいるのだな」

「おそらくは」

「名前はわかっているのか」

「まだわかりません」

権太夫は答えた。

安芸鏡山藩にいるということは、もしかしたら、その藩内の者かもしれない。

少し考えていると、

「おそらく、鉄車だけでなく、その周りの者らも斬らなければならないでしょう」

「そうか」

「松永さまであれば必ずできるでしょう」

「成功したら、すぐに旗本の家来となるのか」

「ええ」

「報酬とは思えぬな」

「どういうことで？」

権太夫は惚《とぼ》けたような声できく。

「久世さまが自身の家来にするならまだしも、よくわからない旗本の家臣に俺をならせようとするのに、何か裏を感じる」

九郎兵衛はきつい目で言った。

「あまり深く考えずに」

権太夫はなだめるように言いながら、軽く微笑《ほほえ》んだ。

「だが、納得いかないものを」

「先ほど、承諾なされたではありませんか」

「断ることは許されぬであろう」

「いえ、全ては松永さまのお望み通りに……。お断りしますか」

権太夫の声が低くなった。

「引き受ける。だが、真意が知りたい」

「真意ですか。そうですな……」

権太夫は九郎兵衛を見たまましばらく考え込み、やがて口を開いた。

「実を言いますと、今回の件はそれほど松永さまのお手を煩わせることはございません。ただ、その旗本の家臣、ゆくゆくは松永さまご自身を旗本にするためには、何か手柄が必要でございます。そのために、松永さまには久世さまの言うことを聞いてもらいます」

権太夫は淡々と告げた。

「では、鉄車を殺すことがそれほどの手柄に値するということなのだな」

「捉え方次第ですが、ただ力士をひとり殺すくらいの手柄で済むということです」

「左様か」

口が達者な権太夫に何を言おうと、うまく誤魔化されてしまうだけだ。

「鉄車を殺すことで、災いが降り掛かることも避けたい」

九郎兵衛は改まった口調で告げた。

大目付、久世能登守は改革を行っている老中・水野越前守忠邦《みずのえちぜんのかみただくに》の派閥といったところだ。水野のことを快く思わない者たちもいる。その者たちから、九郎兵衛までもが何かしらに関与していると疑われることがあれば鬱陶しい。

「心配はご無用にございます」

権太夫は笑って答えた。

その目の奥には、怪しい光が煌《きら》めいていた。

二

鉄車力也は、薬研堀《やげんぼり》にある御所車《ごしょぐるま》部屋の力士で、二十四歳になる。

生まれは甲府で、体の大きさと、腕っぷしの強さを、たまたま御所車親方が地方巡業の際に耳にして、今から七年前、十七歳の時に入門を打診され、江戸へやってきた。

とにかく、朝早くから稽古をして、夕方に稽古が終わると近所の剣術道場へ行く。入門してからずっとそのような暮らしをしているという。

初土俵は入門した年の十月で、九勝一敗の好成績を残した。その一敗の取組については、三場所先に初土俵を踏んでいた揖斐川又左衛門《いびがわまたざえもん》に上手出し投げで敗れた。

だが、揖斐川が先に手を突いていたのではないかと物言いがついた。

しかし、結果は覆らず、負けとなった。鉄車並びに御所車親方は不服として、行司と相手力士に抗議した。

そのことで顰蹙《ひんしゅく》を買い、鉄車は二場所の出場停止に処された。

それから復帰してからも順調に白星を積み重ねて、三年後には大関となった。ちょうどその頃、安芸鏡山藩の小早川勝元の目に留まり、お抱えの力士となった。

だが、大関になったあたりから、鉄車の言動に粗《あら》が目立つようになった。

大関に昇進してから二場所後、師匠である御所車親方が亡くなり、その娘婿が新たな親方、御所車を継いだ。

しかし、新しい御所車親方は、鉄車に注意はできなかった。

御所車部屋は、鉄車を中心として回った。

鉄車は己に厳しいだけでなく、弟弟子にも厳しい指導をして、稽古中に疲れて息を切らしているだけで怠けていると決めつけ、木刀で殴りつけることもあった。

今から二年前、弟弟子の風車為五郎《かざぐるまためごろう》が死亡することがあった。

御所車親方は、稽古中に突然倒れたと公言しているが、鉄車の指導が行き過ぎて死なせたのだという声も上がっていた。

そして、その数日後の場所中の取組では、初土俵の際に一敗を喫した横綱揖斐川又左衛門を投げ飛ばして、揖斐川は頭を打ち、翌日に息を引き取った。

この取組は、すでに鉄車が押し出しで勝っていたにも拘わらず、揖斐川が力を抜いたと同時に、追い討ちをかけるかの如く、鉄車が投げ飛ばしたという。

九郎兵衛が鉄車の評判をきき回ってわかったのは、以上であった。

（鉄車力也という男、かなり狂暴であろうが……）

殺すほどであろうか。

そして、なぜ大目付の久世が一力士を殺したがっているのか、不思議でならなかった。

考えられることとしては、ふたつあった。

まずひとつは、亡くなった風車か揖斐川と久世が関わっており、その復讐のためということ。

もしくは、鉄車を殺すことにより、彼を抱えている小早川勝元に対して釘を刺そうとしているということだ。

権太夫の命令であれば、弱みがあるので断れないが……。

まずは、鉄車の姿を遠目でもいいので見なければ。

ちょうど、鉄車は昨日、三島《みしま》での巡業を終えた。

これから、江戸に戻る予定だとわかった。

九郎兵衛は品川宿の『浅野屋《あさの》』という宿の二階、街道側の部屋を取った。

この宿についでは、

「品川宿において、『浅野屋』は、主人、番頭、奉公人共々、信頼できます」

と、権太夫が保証している。

九郎兵衛が泊まる手配は、すべて権太夫の方で計らってくれた。

夜、部屋で愛刀・三日月に打ち粉を打っていると、『浅野屋』主人の文十郎《ぶんじゅうろう》がやってきた。背の高い、細身で、六十過ぎの温厚そうな男であった。

「松永さま、よろしいでしょうか」

と、話しかける口調は、権太夫よりも柔らかであった。

九郎兵衛は文十郎を部屋に入れた。

向かい合って座るなり、

「本日は松永さまの他に、どなたもお泊まりになっていませんので」

と、告げてきた。

「権太夫がそのような気遣いを」

「いえ、私が勝手に気を回したのでございます」

「しかし、他の客を断ったとなれば、妙に怪しまれないか」

「怪しまれる？　誰にでございますか」

文十郎はきき返した。

たしかに、誰にも疑われていなければ、怪しまれることはない。しかし、九郎兵衛の心の奥底には、久世が絡んでいるからか、九郎兵衛の行動もすべて誰かに見張られているか、後々、調べられることになるかもしれないという、警戒する気持ちがあった。

「いや、なんでもない。だが、いつまで滞在するかわからぬぞ」

「構いません」

「そうなれば、迷惑であろう」

「いいえ、十分にいただいておりますので」

誰から、何を、貰っているかは口にしないが、それらは明らかだった。

「それより、どうしたのだ」

九郎兵衛は用件をきいた。

「御所車部屋の一行は、本日は平塚《ひらつか》宿に泊まっているようにございます」

「平塚か」

「はい。明日は、暁《あかつき》七つ（午前四時）に平塚を出るそうです」

「なら、江戸に着くのは明後日になるか」

「そうなりましょう」

文十郎はそれだけ告げに来たそうで、無駄なことは話さず、早々に引き上げようとしていた。

「待て」

九郎兵衛は、文十郎が襖に向かった時に声を掛けた。

文十郎は再び九郎兵衛の方に振り向き、丁寧に座り直した。

「誰からの報《しら》せだ」

「間者《かんじゃ》にございます」

「お主のか」

「いいえ、まさか」

文十郎は頭《かぶり》を振った。

「権太夫の？」

「あまり詳しくは。口止めされております故」

見かけに依らず、目力のある明るいこげ茶色の瞳が、九郎兵衛を実直そうに見つめている。

「そうか」

「もう、よろしいでしょうか」

「序《つい》でに」

九郎兵衛は言った。

まだ、何をきくのか決めていなかった。だが、文十郎のことが気になった。宿場町には、宿屋の主人に扮した忍びがいるとも聞く。特に、多くの通行人で賑わう東海道の最初の宿である品川であれば、そのような人物も少なからずいるに違いない。

文十郎にはどことなく忍びのにおいがする。

忍びといっても幕府の手の者か、それとも諸藩なのか、老中ということもあり得る。何より、鯰屋権太夫が信頼を置いている者だ。

権太夫はおそらく、老中・水野派である。

文十郎は、水野やその周辺の者が放った間者かもしれない。

「お主は、俺のことをどれくらい知っている」

九郎兵衛の口から出たのは、その言葉だった。

「正直に申し上げます。お気を悪くなされないように」

「うむ」

「丸亀《まるがめ》藩に仕え、問題を起こして藩を追われた上に、江戸においては仲間を募って強請《ゆすり》や盗みなど、その罪を全て挙げるのに一苦労なほど。しかし、ある時、無実の罪で牢に送られ、それを助けてくれたのが、鯰屋さん。それから、鯰屋さんの下で働いているといった具合でしょうか」

文十郎は柔らかい表情で淡々と告げる。

口調には、あまり起伏がなかった。それなのに、冷たい感じがしないのは、文十郎の落ち着いた話し方によるものだろう。

「よく知っておるな」

九郎兵衛はぼそっと言う。

「はい」

文十郎はこげ茶色の目を、にこりとさせた。

「しかし、勘違いしているようだ」

「どの辺りをでしょうか」

「たしかに、江戸に出てきてからは強請や盗みなどをした。しかし、全てあくどい者たちからだ」

九郎兵衛は不意に、きつい言い方になった。

「存じております」

「それなのに、そのような言い方をするとは」

「悪意はございません。お気に障《さわ》りましたら、申し訳ございません」

文十郎はしっかりと頭を下げた。

予め、気を悪くしないように告げられていた。

ここで苛立てば、器が小さいようである。

「わかっておるならよい」

九郎兵衛は引き下がった。

「それから」

と、誰から聞いたのかも確かめた。

「お話しできません」

文十郎は再び頭を下げた。

「お主は俺のことを知っているのに、俺はお主のことを全く知らぬ」

権太夫なら、このようなやり方はしない。何を考えているのかわからない人物であるが、常に理が通っている。

文十郎に九郎兵衛のことを告げたのは、権太夫ではない。

九郎兵衛は決心した。

「あまり困らせないでくださいませ」

文十郎は笑顔で言う。

「ただ気になってな」

「それならば、少しだけお話ししますが」

文十郎は少し間を空けた。

それから、

「松永さまの旧友といいましょうか、そのようなお方からおききしました」

と、言った。

「旧友？」

「それ以上は」

「旧友か……」

九郎兵衛の脳裏に浮かぶ人物が何人かいる。

「では」

文十郎は部屋を出ていった。

九郎兵衛は窓際に寄り、障子窓を開けた。

冷気が入り込む。

汐のにおいが鼻をついた。

窓の下を通る者たちの顔は、店々の灯りにより、はっきりと見えていた。もう遅いので、外泊のできない旗本御家人や、諸藩の江戸勤番の武士はいない。

ふと、ひとりの、素早い動きの職人風の男に目が行った。

男は街道から外れて、暗闇に消えた。

「神田《かんだ》小僧《こぞう》……」

九郎兵衛は口の中で、小さく呟いた。

神田小僧とは、かつて共に盗みを働いていた鋳掛屋《いかけや》の巳之助《みのすけ》のことである。どんな錠前も破ることができ、その上元通りに施錠して立ち去ることから、一時期は江戸中の注目を浴びていた。

(文十郎が言う旧友というのが、神田小僧であるならば……)

もしや、と思った。

神田小僧は九郎兵衛が無実の罪で捕らえられた時、同じ罪で岡っ引きに追われ、大川に身を投げて死んだとされている。

(奴の死体が見つかったわけではない)

やはり神田小僧なのかという気持ちが強まっていく。

それから、さっきの職人風の男が去った方向に目を向けた。

白い灯りが点った。

すぐに消えた。

(気のせいか)

九郎兵衛は首を傾げた。

あまりにも一瞬で、自分の目を疑った。

真っ暗である。

その暗闇の中から、こちらを見ている気配が気のせいかしていた。

九郎兵衛は障子窓を閉めて、愛刀・三日月を腰に差して部屋を出た。

一階に下りると、ちょうど女中と出くわした。十五、六歳くらい、丸顔のたれ目で、愛らしい声であった。

「お出かけですか」

「少し歩いてくる」

「どちらか、当てがあるのでございましょうか」

女中は探るように言った。

「いや、ただ歩いてくるだけだ。どこかに上がるわけではない」

九郎兵衛は冷たく言い放つ。

「お気をつけて」

女中は『浅野屋』と屋号の入った提灯を持ってきて、表まで送った。

九郎兵衛はさっきの一瞬だけ灯りの点った場所へ向かった。

二階から見ていた以上に、そこまでは距離があった。

暗闇を進んでいくと、小さな狼煙台《のろしだい》のようなものがあった。

提灯で照らし、中を覗く。

何かを燃やしたようなにおいが残っている。

やはり、さっきのは見間違いではない。

一体、誰が、何のために灯りを点けたのか。それを点けたのは、あの職人風の男だったのか。

九郎兵衛は燃え殻を懐紙に包み、懐に入れた。

そして、戻ろうとした時だった。

威嚇《いかく》するような犬の声が四方から聞こえた。

九郎兵衛が身構えると、何匹もが同時に吠えた。

野犬であろう。

斬るのは忍びない。

九郎兵衛はしゃがんだ。近くに落ちていた石をいくつか拾った。

提灯の灯りを消し、その石を遠くに投げつけた。

それと同時に、九郎兵衛は一目散に走った。

やがて、人通りの多い街道まで出た。

背中は、汗でびっしょり濡れている。それが冷気に晒《さら》され、身震いするほど寒かった。

凍てつくような犬の遠吠えがどこからともなく聞こえてきた。

九郎兵衛は『浅野屋』に戻った。


翌朝、五つ（午前八時）くらいであった。

朝餉《あさげ》を女中が部屋まで運んできた。

九郎兵衛が食べている横に、女中は付き添うようにいた。

茶を淹《い》れたり、細々と面倒を見てくる。

「落ち着かないな」

九郎兵衛は言った。

「すみません、かえってお気を……」

女中は頭を下げた。

出ていくのかと思いきや、

「昨夜《ゆうべ》は如何《いかが》でしたか」

と、高い声できいてきた。

「ただ歩いてきただけだ」

九郎兵衛は鬱陶しく思いながら答える。

「しかし、提灯が破れていました」

「木の枝か何かに引っ掛けたのだろう」

「街道から外れたので？」

女中の言葉は鋭かった。

「何を探ろうとしておるのか」

九郎兵衛はきき返した。

「いえ、松永さまが……」

女中は口ごもって、何と言ったのか聞こえなかった。

「何だ」

九郎兵衛は促した。

「松永さまの身に危険なことが起きないように言いつかっておりますから」

女中は胸を張って言う。

九郎兵衛は改めて女中を見た。

少し動揺しているのか、口元が小刻みに震えている。さらに、裏表のない純真そうな目が潤んでいた。

「どうした」

「いえ、お役に立てなければ叱られます故」

「朝餉ごときで、役に立つのどうのあるまい」

九郎兵衛は呆れながら言った。

しかし、女中は怒られたかのように、さらに強張《こわば》った表情を見せる。

大きく溜息をついてから、

「名前は？」

と、九郎兵衛はきいた。

「寧々《ねね》と申します」

「武士の妻のような名だな」

「父は旗本でした」

「何で作ったのか、借金が百両も溜まり、二百石の旗本株を売りました」

「そして、お前はここに奉公に出されたというわけか」

「旦那さまが助けてくださいました」

「文十郎がか」

「はい、父の旧《ふる》い知り合いだとかで」

「このような商いをしているから、武士の知り合いは多いだろうが」

九郎兵衛はそう答えながらも、やはり文十郎は忍びではないかという思いが増していった。

それから、しばらくは黙って飯を食べた。

相変わらず、寧々は傍にいて、茶をひと口飲む度に急須から新たに注ぐし、ほんの少し水滴が飛んだだけでも布巾でさっと拭き取る。

落ち着かないが、先ほどより嫌な気持ちは抑えられてきた。

食べ終わると、楊枝を差し出しながら、

「足りましたでしょうか」

「辞めたのか」

と、心配そうにきいた。

「ああ」

九郎兵衛は楊枝で歯間をきれいにする。

「文十郎を呼んでくれるか」

九郎兵衛は頼んだ。

「わかりました」

寧々は下がり、少ししてから文十郎がやってきた。

「おはようございます。お呼びのようで」

「聞きたいことがある」

「なんなりと」

文十郎がそう答えると、九郎兵衛は立ち上がった。そして障子窓を開けた。

青空に陽が差し、景色がよく見渡せた。

昨夜の小さな狼煙台まではさすがに遠くて見えないが、そこを指した。

「あの辺りに、狼煙台がある。何か知っておるか」

九郎兵衛はきいた。

文十郎は窓際に寄ってきて、指されている方向を見る。

「何に使われているのかはわかりませんが、もう半年ほど前からあります」

「半年も前に……」

九郎兵衛は呟き、

「誰が作った」

と、確かめた。

「わかりません」

「撤去しないのか」

「特にそれがあることで迷惑を被るわけでもございませんので」

文十郎は呑気《のんき》に答える。

「不気味なものがあると思わないのか」

「いいえ」

文十郎はためらいもなく、首を横に振った。

九郎兵衛のききたいことは、とりあえずそれだけであった。

「昼間はどこかへ出かけられますか」

文十郎がきいてきた。

「そうだな。せっかく品川にいるのだから安芸鏡山藩の下屋敷にでも」

大井にあったはずだ。

詳しい場所を文十郎にきくと、そこまで駕籠《かご》を用意してくれると言った。しかし、九郎兵衛は歩いていくからと断った。

仙台藩品川下屋敷の少し先だと教えられた。

それから半刻《はんとき》（約一時間）ほどして、九郎兵衛は『浅野屋』を出た。

相変わらず、東海道は人通りが多い。

だが、九郎兵衛は目を凝らして、あらゆる者を見ていた。ひとつには、自身が尾《つ》けられていないか確かめるために、周囲にいる者たちの顔を覚えておこうと思ったからだ。そして、もうひとつには、昨夜の職人風の男がいないか確かめようとしたのだった。

どうやら、その者はいなさそうだ。

九郎兵衛は大井まで気を緩めずに進んだ。

鏡山藩下屋敷に来たからといって、何をするわけでもない。まず屋敷の周辺を歩き、どのような者が勤めているのかを見る。

あとは会話を盗み聞きする。

九郎兵衛は地獄耳と言われるほど、遠くからでも聞き分けができる耳を持っている。

門番たちが話しているのを木の陰から聞いていた。

他愛のないことを話している。

昼過ぎに門から出てきたふたりの武士たちが、「そういえば、相撲だが」と、口にしていた。九郎兵衛は咄嗟《とっさ》に耳を澄ました。

やがて、「鉄車」という名が出された。

「噂程度であるが、殿はあいつをお抱えから外すという」

ひとりが言った。

「ようやくか」

もうひとりは溜息交じりに相槌《あいづち》を打つ。

「だが、こんな時に不自然ではないか」

「こんな時って？」

「つい先月までは、殿は鉄車を横綱にするために尽力すると仰っていたのだ」

「気が変わったのだろう。殿らしいではないか」

「鉄車の評判が悪くても、殿は気にしておられなかった。むしろ、素行が悪ければ悪いほど、『愛《う》い奴じゃ』と喜んでおられた」

「すると、今度は何か相当のことをやらかしたのか」

「そのような気がする」

ふたりは少し先の角を曲がった。

それからも声だけは風に乗って聞こえてきていたが、いくら鉄車のことを話してもそれ以上のことはわからなかった。

九郎兵衛は『浅野屋』へ戻った。

帰るなり、文十郎を呼んだ。

しかし、出かけていると番頭が答えた。

「私でよろしければ」

四十近くで、小太りの脂ぎった男であった。文十郎とは違った雰囲気の人の好さを感じさせる面立ちである。

九郎兵衛は首を横に振った。

「いけませんか」

「お主も色々と関わっているのか」

「色々と仰いますと？」

「文十郎の仕事についてだ」

「もちろん、番頭でございますから」

「宿の仕事ではない。こうして、俺がここにいるような」

九郎兵衛は少し苛立ちながら答えた。

それに対して、番頭は悪びれることも、気分を害することもなく、「旦那さまのことで、私が知らないことはございません」と、堂々と答えた。

「そうか」

権太夫の言う通り、『浅野屋』で働いている者たちは全員事情を知っていて、さらに信頼できそうだ。女中の寧々にしろ、父親が旗本だ。

「鉄車のことだ。小早川さまがお抱えをやめるとは真《まこと》か」

「そのような話が？」

初耳のようだ。

「うむ、大井の下屋敷で聞いた」

「一度、確かめてみます」

「誰に確かめるのだ」

「それは……」

文十郎ではなさそうだ。

「まあ、よい。何かわかったら報せてくれ」

九郎兵衛は二階に上がった。

それから、半刻（約一時間）ほどして、部屋に文十郎がやってきた。

「いま戻りまして、番頭から話を聞きましたが」

「そうか」

「まだ、その噂が正しいかどうかわかりませんので、しばらくお待ちください」

「構わない」

九郎兵衛は頷いた。

「それと、松永さまのお耳に入れたいことが」

文十郎は改まった口調で、

「花倉弥兵衛《はなぐらやへえ》さまをご存知ですね」

と、確かめてきた。

「ああ」

丸亀藩を辞めて、江戸にやってきて他の大名家に仕官しようと考えた折に、色々と親身に相談に乗ってもらった縁がある。

品川神社と隣接した場所に、剣術道場を持っている。

品川神社の社紋は徳川家の家紋、『丸に三つ葉葵《あおい》』であり、神社の工事にかかる費用は全て幕府が賄うほど、徳川家が厚く庇護する特別な神社だ。

花倉は品川神社の神主の遠戚に当たる家柄であり、遡《さかのぼ》れば徳川家康の母、於大《おだい》の生家、水野家で家老の庶流だという。

「花倉殿が如何した」

「一度、花倉さまのところへ寄られるのがよいかと存じます。と、申しますのも、花倉さまは安芸鏡山藩の弟子も多く、家老らとも誼《よしみ》を結んでいます」

「そうか」

「もしかしたら、かつての恩人が敵になるやもしれませんが」

文十郎は複雑な表情を向けた。

九郎兵衛のことを気にかけているのか、それともそのような顔を作っているだけなのか。どちらにせよ、裏を読み取られている気がしてならない。

「恩を仇で返すようなことになろうとも、俺は与えられた務めを果たすまでだ」

九郎兵衛はきっぱりと言い放つ。

「さすが、その姿勢は見習わなければなりません」

文十郎はうやうやしく言う。

「止《よ》してくれ」

九郎兵衛は、おだてられるとむず痒《がゆ》い。

すぐに『浅野屋』を出て、花倉の道場へ足を向けて歩き出した。

三

もう五年ほど無沙汰にしている。

花倉は九郎兵衛の二十歳ほど年上だが、老けた顔から当時は親と同世代の人物のようにも見えた。

道場には、すぐに辿りついた。建て直したようで、見違えるほど立派になっていた。

外から道場を覗くと、花倉が弟子に稽古をつけていた。

五年前からあまり顔が変わっていない。むしろ、少し若々しくなったようにも見える。

二十歳そこそこの弟子の構えはひどいものだが、素早さは目を見張るものであった。

九郎兵衛は稽古が終わるまで、その様子を眺めていた。花倉は、九郎兵衛には気づいていないようであった。

やがて、花倉が竹刀《しない》を下ろすと、弟子は丁寧にお辞儀をして、道場の端に寄った。防具を片付け始める。

その時、花倉が九郎兵衛に気が付いた。

額に汗を光らせながら、近づいてきた。弟子がなんだろうと振り向き、なぜか刀を手繰り寄せた。

花倉は咄嗟にその弟子を目で睨《にら》む。

弟子は構えを解いた。

やがて、花倉が外に出てきた。

「久しいのう」

花倉は敵意のない涼しげな目で言った。

「花倉殿も、お変わりないようで」

九郎兵衛は軽く頭を下げた。

「あれから、すっかり見えないから心配しておったのだ。ちょうど、数年前に悪い噂も聞いた」

捕まったことだろう、とすぐに感づいた。

「何もしておりませんので」

「そうであろう。お主は、そのような者ではない」

花倉が、じっと目を見た。

「ええ」

九郎兵衛も、目を背けずに見返す。

「またどこかへ仕官したいのか」

「左様で。それで、こちらに寄ってみたような次第で」

「そうか。とりあえず、一本勝負していくか」

「ご勘弁を。敵《かな》いませぬ故」

「そう謙遜せず」

「いえ、花倉殿が、拙者には敵いませぬぞ」

九郎兵衛は言い放った。

冗談のつもりでもあり、実際にもそう思っていた。

花倉は他の道場主と違い、気安く手合わせをしたがる。五年前は、弟子に負けることもしょっちゅうあった。

勝ち負けにこだわらない性格で、剣術そのものを楽しむ節があった。

しかし、道場破りには屈したことがない。

そのような時には、普段発揮しない力を出す男だ。

それ故に、弟子たちも花倉の許《もと》を離れないのだろう。

「竹刀はそのあたりにある」

花倉は道場の中に入っていった。

九郎兵衛も続く。

さっき身構えてきた弟子から竹刀を受け取った。

その際、

「申し訳ございませんでした」

弟子は謝る。

「普段から、怪しい人物がうろうろしているのだな」

九郎兵衛は、かまをかけた。

「え、ええ……」

弟子は小さく頷いた。

九郎兵衛はそのことを気にしながらも、道場の奥へと進んだ。

すでに、花倉が防具を着けて構えている。

右肩だけがやけに張っている、奇妙な構えは、五年前から変わっていない。

九郎兵衛も支度してから、正眼に構えた。

「さあ」

掛かってこいとばかりに、花倉が竹刀の先を揺らした。

「えいっ」

九郎兵衛は右足に力を入れ、飛び掛かった。

竹刀を振り上げ、面を狙うと見せかけた。身が沈みかけると、咄嗟に竹刀を横に動かし、下から掬い上げるようにして胴を打った。

割れんばかりの音がする。

一拍遅れて、花倉の竹刀が九郎兵衛の小手を打った。

「さすがだのう」

花倉は面を取り、素直に称えた。

「相打ちになっていたでしょう」

九郎兵衛も顔を晒しながら、小さく微笑んだ。

「わしは死に、お主は片手をなくしていただけだ」

「真剣となると、花倉殿は強いのでしょう」

「いやいや」

花倉は首を横に振り、

「して、本当は何をききに来たのだ」

と、息を整えてきいてきた。

九郎兵衛が振り返ると、すでに弟子の姿はなかった。

花倉の目が光っている。

九郎兵衛は特に大事なことでもないと前置きしてから、

「花倉殿には、近くの藩邸に勤める武士の弟子も多いそうな」

と、確かめた。

「おかげさまで」

「では、安芸鏡山藩の者もおりますな」

「うむ」

花倉は頷いた。

急に真面目な顔になり、九郎兵衛が何をしに来たのか探るように見る。

いまはどこかに仕えているのか、何かの役目を負っているのか、安芸鏡山藩で何か起こったのか、ということを矢継ぎ早に尋ねてきた。

九郎兵衛は予測していた。

何もないのに探っているとなれば、いかにも怪しい。安芸鏡山藩主、小早川勝元に興味を持ち、仕官しようと考えていると告げた。

「それはよい」

「やはり、そうですか。良い噂と悪い噂の両方がございまして」

「誰しも、そうではないか。小早川さまは数寄者《すきしや》だから、そのように批判する者もいるのだろう」

「たしか、鉄車力也という相撲取りを抱えていますな」

「左様。お主は、相撲が好きであったか」

花倉は探るような目を向ける。

「詳しくはございませんが、鉄車は有名ですから。あのような暴れ者を抱えているということは、余程器の大きなお方だと思いましてな。拙者のような者でも、やっていけそうな気がしまして」

九郎兵衛は冗談めかして言う。

「お主は暴れ者でもなんでもない」

「問題を起こして、丸亀を辞めております」

「それは致し方ないこと」

「どこまでも、肩を持ってくれますな」

「素直に答えているまでよ」

花倉は人の好さそうな笑みを見せる。どこか裏がある。九郎兵衛はそう感じて止まない。花倉はあくまでもそれを隠そうとしているのか、訝しむように尋ねてくることはなかった。

それから、九郎兵衛の身の上話に、持っていこうとした。

鏡山藩や鉄車のことをきいては怪しまれると気をつけながらも、折を見て、それらの話題に触れた。

花倉は鉄車と会ったことがあるらしい。

以前、手合わせしたともいう。

「剣術も強いのですか」

九郎兵衛は、驚いたようにきいた。

「強い。かなりだ」

「しかし、力士であるのに」

「どうやら、あの天然理心流らしい」

あの、と強調した言い方が気になった。

「お主も天然理心流は存じておろう」

「もちろん」

「天然理心流は、八王子千人同心の剣術であったが、やがて地方の豪農たちが千人同心を真似て、天然理心流を身につけている。天然理心流は、おもに跡取り息子たちの入門が目立っているようだが」

花倉は説明した。

どこか解《げ》せないようで、

「だが、薬研堀にあるというのは不思議だ。地方で人気が出てきたので、江戸にまで進出したとも受け取れるが……」

と、首を傾げる。

「花倉殿には何か思うところがありそうですな」

「いや、漠然と不思議に思っているだけだ」

この話はこれで終わりとばかりに、

「お主の仕官については、口を利けぬわけでもない」

「どなたかに伝手《つて》があるので？」

「安芸鏡山藩の江戸家老の沼田弾正《ぬまただんじよう》さまに」

「沼田弾正さま」

九郎兵衛はその名前を覚えた。

「いつ頃お引き合わせ願えますか」

「そうだな。明日にでも、尋ねてみよう」

「では、また明後日にこちらに伺います」

「いや、わしと入れ違いになると困る。わしが訪ねよう」

「しかし、そのような御足労をおかけしましては」

「構わぬ。そこら辺の若者には負けぬくらい元気だ」

「左様にございまするか」

「で、どこに行けばよい」

「品川宿の……」

九郎兵衛は考えた。

『浅野屋』の名を出してもよいものか。しかし、ここで押し黙っていては、妙に思われかねない。

九郎兵衛は咳払いをして、

「失礼。『浅野屋』という宿がございます。そちらに」

と、答えた。

「おお、『浅野屋』なら存じておる」

「主人の文十郎とお知り合いにございますか」

「いや、その名だけは聞いておる。いや、うちの弟子が、あそこの女中に惚れておってな。そうだ、さっきいたあの弟子だ」

花倉は答えた。

さらに続けて、

「そこで、用心棒でもしておるのか」

と、きいてきた。

「まあ、そのようなことを」

九郎兵衛は曖昧に答える。

「されば、また明後日に。いや、沼田さま次第では、明日にでも」

九郎兵衛は礼を述べて、道場を後にした。

向かい風の中、『浅野屋』へ戻った。

四

その日の夜、『浅野屋』の一室で、九郎兵衛は文十郎と向かい合っていた。

「花倉弥兵衛道場へ行ってきた」

九郎兵衛が言う。

「弟子の若いお方とお会いになりましたか……」

「弟子？」

「その方が、うちの寧々に好意を持っているらしいのです」

文十郎は眉間に皺《しわ》を寄せた。

「迷惑なのか」

「寧々も満更ではなさそうで」

「若いふたりに、互いにその意思があるのなら、結構ではないか」

「いえ、相手が悪うございます」

「悪いというと？」

「山田浅右衛門《やまだあさえもん》さまの門人にございます」

「ほう」

九郎兵衛は頷いた。

山田浅右衛門は、俗に首斬り浅右衛門と呼ばれる処刑人である。身分は浪人で幕府から知行を受け取ることはないが、処刑した人間の臓器を原料とし、労咳《ろうがい》に効くといわれる丸薬を作っていた。また、処刑した死体から小指を切り取って販売していた。これは、遊女が情夫に渡す起請文よりも重たいもので、それなりに需要がある。その他にも、御様御用《おためしごよう》という、刀剣の試し斬りをする役目を請け負ったりと、収入は多い。三万石の大名くらいの贅沢をしているということも噂されていた。

「だから、毛嫌いするのか」

「え、ええ……」

文十郎は気まずそうに頷く。

すぐさま、

「あの娘は、私が父親の代わりとなって大切に育てました。なので、大変失礼なことですが、そのような家業の者に嫁がせるわけにはいきません」

と、不安そうに付け加える。

「大抵の者は、そう考えるであろうな」

「大変失礼な話だとは思いますが」

「いや、当然のことだ。名はなんというのだ」

「佐島晋平《さじましんぺい》と」

「浅右衛門の子ではないのだな」

「違います。されど、それならまだ浅右衛門さまのお子の方がよろしゅうございます」

処刑人という家業故、実子に継がせることを厭い、門人を養子に取り、次期当主とする者も多い。

現在の当主、七代山田浅右衛門吉利《よしとし》も、六代の実子ではない。

「されど、あの娘もわかってくれると思います」

文十郎は期待するように言った。

それから、九郎兵衛は安芸鏡山藩の沼田弾正について尋ねた。だが、沼田とは面識もなく、どのような人物かわからないという。

「明後日、お会いになるのですか」

「いや、花倉殿からの返事が明後日になるから、断られるかもしれないし、どうなるかはわからぬ。だが、近日中に会うかもしれないと心得ておいた方がよいだろう」

「でしたら、少し探ってみます」

文十郎が言った。

それから、今日番頭と話していた、小早川が鉄車をお抱え力士から外す件について、文十郎が切り出した。

「たしかに、そのような噂は出ております。しかし、確かな筋からそのようになるという証言は取れませんでした。小早川さまの頭には、そのことがあるのかもしれませんが、実際にどうなるかはわかりません」

文十郎が淡々と話す。

「左様か」

九郎兵衛は頷いた。

疑問はない。

下級の武士同士であれば、ただの噂を誇張して話し合うものだ。

「だが、絶対にあり得ないというわけでもなさそうだな」

九郎兵衛は独り言のように呟いた。

「はい」

文十郎が頷く。

「そういえば、まだ客は入れないのか」

「はい、ことが済むまでは」

「ことというと？」

「松永さまが、鉄車と接触するまでです」

「何も会うとは言っておらぬ」

「品川まで来て、ただ眺めるだけで？」

文十郎が首を傾げた。

「決めておらぬが」

「松永さまのことでございますから、何通りもの計画があるのでございましょう」

「まだ何も」

正直なところであった。

「それだけだ」

九郎兵衛は二階の自室に戻るために、腰を上げようとした。

「あの、差し出がましいようですが」

文十郎が改まった口調で呼び止める。

「何か」

「松永さまにおかれましては、ただ鉄車を殺《や》ればいいだけのことと思います。わざわざ、安芸鏡山藩のことなどを調べたり、家老に近づく必要はないかと」

むしろ、それをするなというように聞こえた。

「だがな」

九郎兵衛は首を横に振った。

「松永さまの身が心配にございます」

文十郎は、寧々のようなことを言う。

「権太夫から、鉄車は一筋縄ではいかないと注意を受けている。用心しなければならぬであろう」

九郎兵衛は、言い返した。

「そうでございましたか」

文十郎は謝るように頭を下げる。

九郎兵衛は部屋を出て、二階へ行った。

その数刻後。

五つ（午後八時）も過ぎた。雨音が聞こえてきた。九郎兵衛は障子窓を開け、外を覗いた。

手を外に出すと、さらさらとした雨が降り掛かる。

まだ傘を差すほどでもない。

辺りを見渡した。

狼煙台がある辺りを見た。

真っ暗闇である。

だが、気になって、しばらく見つめていた。

その時、

「松永さま」

と、廊下から文十郎の声が聞こえてきた。

障子窓をぴたりと閉め、

「入れ」

と、答えた。

「はい」

襖が開き、文十郎が部屋に入ってきた。

「先ほどの使いからで、御所車部屋一行が戸塚《とつか》宿に泊まったとのことです」

「戸塚か」

「ただ、その中に鉄車の姿はないようで」

「奴はどこに」

「まだわかりません。とりあえず、その報せだけにございます」

「昨日、平塚宿にいたのは、確かなのだな」

「はい」

「ちゃんと、確かめていなかったというわけではなく」

「そのようなことは、断じてございません」

文十郎は間者を庇うように、はっきりと答えた。

「そうか」

九郎兵衛は頷く。

「また報せが入りましたらまいります」

文十郎はそう告げると、部屋を出ていった。

五

翌朝、雨はまだ降り続いていた。かといって、雨脚が強まることはない。

五つ（午前八時）に、昨日同様、女中の寧々が朝餉を持って部屋にやってきた。

膳の上には、文が載っていた。

開いてみると、文十郎からであった。

あれから、鉄車のことで第二報が届いたが、その中でも鉄車の消息は摑めていない。また、鉄車がお抱え力士を解かれるのかどうかはわからないという。多摩川を渡ったら、またすぐに報せが来ることも書かれていた。

九郎兵衛が読み終わると、

「よろしゅうございますか」

と、寧々がきいてきた。

「何がだ」

「書かれていることについて、お尋ねになりたいことなど」

「ない」

九郎兵衛は、きっぱり答えた。

「わかりました」

寧々は小さく答えて、

「松永さまは、私のことを疑っておられるのでございますか」

「そのようなことはない」

九郎兵衛は椀に口をつけた。

しじみの味噌汁だ。温かさが五臓六腑に染みわたった。

「どうして、そのようなことをきく」

九郎兵衛は寧々を見た。

「いえ」

寧々は目を逸らしながら、

「昨日、花倉さまの道場においでになったとお聞きしたものですから」

「それが、どうして」

「…………」

寧々は一度、ちらりと九郎兵衛を見てから、再び目を伏せた。

「好意を寄せているという弟子のことか」

「…………」

寧々は曖昧に首を動かす。

「たしかに、文十郎とその話になったが、話の序でというだけだ」

「そうでしたか」

まだ、寧々の顔は晴れない。

「ともかく、俺は違うことで頭がいっぱいだ」

九郎兵衛は焼き魚に箸《はし》をつけながら言った。

「違うことと仰いますと？」

「任務がある」

「鉄車関のことでしょうか」

「うむ」

九郎兵衛は頷いた。

「いなくなったということですが、逃げたのではないでしょうか」

不意に、寧々が言った。

「どういうことだ」

九郎兵衛は思わず箸を止めた。

「根拠があって言う訳ではありません」

「だが、どうしてそう思った」

「鉄車関は甲府の生まれですよね。力士になって、もう七年になると聞きます。そして、その間甲府には一度も帰っていないと」

「巡業はなかったのか」

「他の部屋はわかりませんが、少なくとも御所車部屋ではないようです」

寧々はしっかりとした口調で答えた。

おそらく、信頼の置ける筋から聞いた話であろう。

「だからといって、急に逃げ出して、甲府に帰るということがあろうか」

「これは、ただの噂ですが、小早川さまが鉄車関を手放すという話も聞いておりますので、それを知って逃げ出したのかもしれません」

今度は、寧々の口調はたどたどしかった。

「だが、ここにも書いてあるが」

九郎兵衛は寧々に文を見せた。

寧々は目を丸くして読む。

「この内容は、報されていなかったのか」

「はい……」

「ともかく、鉄車が江戸に来てない以上は、ここにいても仕方ない」

そう言ったとき、ふと、あることが九郎兵衛の脳裏に浮かんだ。

(ここで、俺が待ち伏せていることをどういう訳か知って、奴は姿を晦《くら》ましたのではないか)

御所車部屋から逃げ出す理由はない。

「どうなさいましたか」

寧々が顔を覗き込む。

「いや」

九郎兵衛は首を傾げてから、

「この家の者は、全員、俺が何しにここに来ているのか知っているのであろうな」

と、改めて確かめた。

「はい」

寧々は、今さら何を、という顔で頷いた。

「他に知っている者は?」

「鯰屋さんなどは知っているでしょうが」

「そうじゃない。お前と、文十郎と、番頭以外にも、この店に出入りする者などで知っている者はいるのか」

「おりません」

「絶対だな？」

「……………」

九郎兵衛が尋ねると、寧々は口ごもった。

「いるのか」

「誰にも話していません」

「だが、知っている者はいるのだな」

「松永さまの役割を知っているかどうかはわかりませんが……」

寧々は尻すぼみに声が小さくなった。

続く言葉が、出てこない。

話そうという素振りは見せているが、戸惑っているかのようだ。目が泳いでいる。

「もしや、佐島晋平ではなかろうな」

花倉の道場で身構えてきた姿を思い出した。

「えっ」

寧々は息を呑むように発し、目を瞬《しばた》いた。

「図星だな」

「松永さまのことを気にしておりました」

「俺のこと？」

「どういう訳かわかりません。松永さまが花倉さまの道場へ行った時に、晋平さんが不思議に思ったというので、訪ねてきました」

「文十郎を訪ねたのか、それともお前を？」

「私です……」

寧々は気まずそうに答える。

だが、誤魔化そうという考えがないのか、九郎兵衛が促せば、いくらでも話しそうな様子であった。

「で、何をきかれた」

「松永さまはどういう方かと」

「花倉殿にきけばよいものを」

「どうなのでしょう。花倉さまは教えてくださらなかったと仰っていましたが」

「そうか」

九郎兵衛は頷く。

続きを促す前に、

「私は、どういう素性のお方かわからないですが、うちの旦那さまと大変親しくしておられる方のお知り合いのようですと」

と、答える。

「怪しい言い回しだな」

九郎兵衛は、つい口にした。

「申し訳ございません。咄嗟のことで、うまく答えられずに」

寧々は両手を突いて、深々と頭を下げる。

額が畳に当たっていた。

「いや」

九郎兵衛は顔を上げさせた。

なぜ、佐島が九郎兵衛のことを疑うのか。

（だが……）

佐島という名字に、妙な違和感を覚えた。

まだ丸亀藩にいた頃、幕府の隠密が商人に扮して城下に潜伏していたことがあった。

目付《めつけ》が怪しいと思い、九郎兵衛はその命《めい》で、その者をしばらくの間尾行した。

やがて、その者が江戸に宛てた文を入手すると、藩の内情や、藩主のこと、家臣間の揉め事などが書かれていた。

九郎兵衛はさっそくその文を目付に見せた。

すぐに、その者を捕らえるように新たな命が下った。

九郎兵衛は相手に近づき、捕縛した。

拷問の末に、佐島邦之助《くにのすけ》という旗本だということが判明した。

その後はどうなったのか、消息はわからないが、もしかしたら処刑されたのかもしれない。

「晋平の素性はわかるか」

「いえ」

「その様子だと、知っていそうだな」

「そんなことはございません」

寧々は頭を振った。しかし、どうにも目が泳いでいる。

「正直に話してくれ」

「………………」

「お前の役割は、俺の身を守ることだろう」

九郎兵衛は問い詰める。

「はい」

寧々は苦しそうな顔で答えた。

「山田浅右衛門さまの門人と」

「それはわかっておる。出自は？」

「二百石の旗本だと」

寧々はそれ以上のことは知らないと言った。

いくら粘っても、これ以上きき出すのは、さらに手間取りそうだ。

何より、寧々が不憫に思えてきた。

九郎兵衛が食べ終えると、寧々はすぐに部屋を出ていった。

しかし、四半刻（約三十分）後に、再び戻ってきた。

「花倉さまがお見えです」

「おひとりか」

「はい」

「通してくれ」

「いえ」

寧々は首を横に振り、

「旦那さまが二階の客間を使うようにと」

「左様か」

九郎兵衛は素直に従った。文十郎の配慮が感じられた。万が一、花倉が敵の場合、九郎兵衛の部屋に通したら、どこに寝ているのか知られることになる。

文十郎のことを只者ではないと、改めて感じた。

「わざわざお越しくださってかたじけない」

「いや、近くだからな。それより例のことだ」

花倉が切り出そうとした時、寧々が入ってきた。

寧々は茶をふたりに差し出す。

その折に、花倉は寧々をじろりと見た。

寧々は気まずそうに、顔を伏せながら、茶を置くとすぐさま部屋から出ていった。

「気になりまするか」

九郎兵衛はきいた。

「晋平の好む女がどのような姿形なのかと、気になったまでだ」

花倉は廊下を横目で見るようにして、茶を飲んだ。

ひと呼吸置いてから、

「まずお主に謝らなければならない」

と、花倉が胸を張りながらも眉間に皺を寄せた。

「仕官は叶いませんでしたか」

「そうと決まったわけではないが、ご家老が疑いを持っておられる」

「なに、拙者に対してですか」

「左様」

「いかなる訳で？」

「よくわからぬが、松永九郎兵衛という名を聞いた瞬間に顔色が変わった」

「ならば厳しいですな」

「ただ、ご家老はお主に興味を持っておられる」

「と、仰いますと」

「仕官の話はひとまず置き、会えないかとのことだ」

花倉は真っ直ぐな目を向ける。

「わかりました」

九郎兵衛は引き受けることにした。

相手が何を考えているのかわからないが、直接話せば、鉄車のことを探ることもできよう。

もしかしたら、相手も同じことを企んでいるのかもしれない。

明日、会うこととなった。

約束の時刻は、暮れ六つ（午後六時）で、場所は花倉の道場。

花倉はそれだけ告げると、去っていった。

一刻（約二時間）ほどして、御所車部屋の一行が多摩川を渡ったという報せが文十郎宛てに届けられた。

その中にも、鉄車の姿はないという。

「如何なされますか」

文十郎がきいた。

「この宿の前を通るであろうな」

「はい」

「ならば表まで見に行く」

昼過ぎ、九郎兵衛は『浅野屋』から数軒先の腰掛茶屋にいた。隣には、文十郎もいる。

八つ（午後二時）の鐘が鳴った。

ちょうど、その頃、少し先から力士の集団がこちらに歩いてくるのが見えた。

中には力士らしからぬ者たちが数名おり、「あれが行司です」とか、「こちらは床山です」と文十郎が教えてくれた。

全部で、十五人。

道行く者たちは、じろじろと力士たちに目を向ける。慣れているのか、力士たちに気に留める様子はない。

力士たちは九郎兵衛に目を遣ることもなかった。

一行が過ぎ去り、後ろ姿が見えなくなってから、

「やはり、あの中にはいないか」

九郎兵衛は、文十郎にきいた。

文十郎は真剣な目で、

「おりませんでした」

と、生真面目に答えた。

第二章　護衛

一

九郎兵衛が花倉の道場へ行くと、佐島がいた。佐島は九郎兵衛を見て、背筋をぴんと伸ばした。まだきいてもいないのに、「先生は沼田さまと奥の間にいらっしゃいます」と、大きな声で言った。

「もうお越しであったか」

「つい先ほどお見えになったばかりにございますので、ご心配なさらずに」

佐島は奥の間を見ながら言った。

ふたりが話しているのを聞いていたのか、花倉が外に出てきた。

佐島は頭を下げる。

花倉は佐島には目もくれずに、

「さあさ、沼田さまがお越しだ。入られよ」

と、笑顔で招き入れた。

九郎兵衛は付いていく。

道場を突っ切った先には、鉄の扉があった。その先の八畳間に三十代半ばの男が座っていた。

「沼田さまだ」

花倉が言った。

まさか、こんなに若い家老とは思ってもみなかった。地味な顔立ちであるが、目鼻立ちが整っており、理知的であった。

「松永九郎兵衛殿であるな」

低く、通った声をしている。

九郎兵衛は小さく頷き、

「仕官の話とは別に、お会いになりたいとお聞きしましたが」

「左様」

「どのようなことでしょう」

「うむ」

沼田はまず安芸鏡山藩の当主、小早川勝元が数寄者であり、茶人として無月《むげつ》という号を称しているといった。

なお、安芸鏡山には無月流という独自の茶道の一派もあり、一万両もする茶入れ、藤波肩衝《ふじなみかたつき》と呼ばれる名器を所有していることでも、その名が知られているという。

「よく我が殿が、当家には自慢するものが三つあると申しておられる。そのうちのひとつが、この藤波肩衝だ」

「あとのふたつは？」

「無月園という本国にある庭園と、そしてお抱え力士で、御所車部屋の大関・鉄車力也という者だ」

沼田がそう言った時、九郎兵衛はぎくりとした。

なぜ、鉄車の名を出したのか。

もしや、九郎兵衛が狙っていることを知っているのではないか。

「そうですか」

九郎兵衛は反応しないように装いながら、横目で花倉を見た。

花倉はじっと九郎兵衛を見ていた。

「ひと月前のことだ。藤波肩衝が何者かによって盗まれた。その直後に、無月園が放火にあった」

沼田が重たい口調で告げる。

「誰の仕業です？」

九郎兵衛はきいた。

「わからぬが」

沼田は首を小さく傾げてから、

「思い当たる節はある」

と、言った。

「それは……」

「まあ、それは今はよいとして」

「よいので？」

「過ぎてしまったことだ。それよりも、殿が大切になされているもうひとつ」

「力士の鉄車力也でありますかな」

「そうだ」

沼田は頷き、

「鉄車を守ってもらいたい」

と、告げた。

（また狙う相手を守れという依頼か）

九郎兵衛は辟易《へきえき》した。

「誰から守るので？」

九郎兵衛はきき返した。

沼田が言いにくそうにしていると、花倉が口を挟んだ。

「鉄車の命を狙っている者がいるそうですな」

「うむ」

沼田は花倉に頷き、九郎兵衛に「誰が命を狙っているのかはわからぬが、鉄車をずっと見張っていれば、襲われることもなかろう。まして、松永殿のような強い御《ご》仁《じん》がいれば」と、沼田がやけに持ち上げるように言った。

「失礼ですが、某《それがし》の剣の実力をご存じなので？」

九郎兵衛は確かめた。

「花倉先生から聞いておる。先生よりも強いとな」

沼田が口元に笑みを浮かべる。

「いざとなれば、花倉殿の方が」

九郎兵衛が言いかけていると、

「謙遜せぬでも。わしが見た中で、お主が一番強い」

花倉が声を被せた。

「そういうことで、そなたに頼みたい」

沼田は改まって言った。

「もし狙ってくる者があれば？」

「もちろん、撃退してもらいたい」

「その為には、相手を殺すことも厭わないと？」

「できることなら生かしておいてもらいたいが、難しかろう。斬り捨てて構わぬ」

沼田は言った。

「左様ですか」

九郎兵衛はどうしたものかと考えていた。

これを引き受ければ、鉄車を殺すことなど容易《たやす》いかもしれない。

黙っていると、

「大目付の久世能登守さまが何故か、鉄車を殺そうとしておってな」

沼田の目が、ぎらりと光った。

「大目付が？」

九郎兵衛は知らぬふりをした。

内心では、油断ならぬと心構えをする。この機に、襲い掛かってくるつもりか。外に、佐島が控えているのやもしれない。

ここで、下手な言動を取れば、命が危ない。

頭の中に、万が一の場合が浮かんだ。

「存じておられるかどうかわからぬが、久世さまは老中・水野越前守さまのお気に入りだ。だが、水野さまがそのようなことを命じるはずはなかろう」

沼田の声は、さらに重かった。

「水野さまは関係ないと？」

「断言できぬが……。そなたは如何思う」

沼田が唐突にきいてきた。

「某にきかれましても、わからぬこと」

「あながち、そうでもなかろう。松永九郎兵衛殿といえば、鮶屋権太夫の……」

沼田は途中で言葉を止めた。

「鮶屋権太夫？」

花倉がきく。

「いや、なんでもない」

沼田は花倉に向かって首を横に振った。それから、九郎兵衛を意味ありげな目つきで見た。

何を知っているのであろう。

ぞくりと、不気味に感じる。

「小早川勝元さまは、水野さまと親しいのでございますか」

九郎兵衛はきいた。

「親しくもあり、親しくもなく。ただし、水野派の中には、我が殿を排除したがっている者もおるであろうな」

「排除？　何故に？」

「上様に目をかけられ、参与のような役割を担っておられる」

「それは、水野さまも認めていることで？」

「ああ」

沼田は頷いて続けた。

「だが、その取り巻きの中で、認めたがらない者もいる」

「認めたがらない理由というのは？」

「殿の実力が恐いのだ。というのも、安芸鏡山藩は財政難で苦しんでいた。それが、殿が積極的な農業政策、大規模な治水工事、引き締め政策、さらには倹約を掲げて、財政再建を成し遂げられた。その実績がある故、上様からも信頼を置かれている。水野派の中には、賄賂だけでのし上がった者もいる。そういう連中が、いずれ殿が幕閣の重要な任を担うようになれば処罰されるかもしれないと、内心怯えている」

沼田はわかりきったことのように、力強く言った。

「鉄車を殺すことによって、小早川さまの力を削ぐことができるのでしょうか」

九郎兵衛は率直にきいた。

わざわざ無月園を燃やしたり、藤波肩衝を盗んだり、鉄車を殺したりしたところで嫌がらせに過ぎず、小早川を失脚させられるものとは到底思えない。

「殿のお気に入りだ。それに、ただの力士ではない」

沼田は詳しくは話さなかった。

「とにかく、松永殿に鉄車力也を守っていただきたい」

沼田は再び言う。

「鉄車はどちらにいるのです」

九郎兵衛は何気なくきいた。

「妙なことを……」

沼田が不敵に笑った。

「妙なこと？」

「鉄車の居場所を気にするとは」

「守るのであれば、当然のこと」

「先ほど、御所車部屋の力士と言ったであろう。薬研堀の御所車部屋におる。もっとも、巡業に出ているが、そなたがそこまで知っているはずはなかろうに」

沼田は、九郎兵衛を見極めている。

「巡業に出ていることは存じております故」

「いかにして」

「相撲好きの者が話しておりました故」

「左様か。いや、疑っているわけではない。少しからかっただけだ」

沼田はすまなかったというように、手をかざした。

だが、九郎兵衛はそうは思わない。

知っていて、試している。

「某にできますでしょうや」

九郎兵衛はきいた。

隣から、花倉の咳払いが聞こえた。

「わしも小早川さまには恩ある身。引き受けてくれると有難い」

花倉も頼む。

「お力添えしたいところですが」

九郎兵衛は花倉を見て、

「こちらに頼んでもよろしいのでは？」

と、言った。

「さっきも言ったように、お主はわしが見たなかで一番の剣の腕前だ。それに、わしでは鉄車に見くびられるだろう」

「鉄車に？」

「以前、奴と手合わせをしたが、勝てなかったのだ」

「負けたと？」

「いや、引き分けた。だが、鉄車には体力がある。長引かせれば勝てるというような目つきをしていた」

九郎兵衛と花倉が話しているところ、

「力のことはともかく、松永殿は鯰屋権太夫と親しいであろう。なので、疑われる心配がない」

沼田が口を挟んだ。

すべて見通していると言いたげな、自信に満ちた目をする。

「権太夫の名をどうして出すのです」

九郎兵衛は戸惑いを隠すように、言い返した。

「権太夫と懇意であるのは確かであろう」

沼田が前のめりにきいた。

「仕事を引き受けることはございまするが」

九郎兵衛は警戒しながら答えた。

「あの男が認めるというのは、余程のことだ。人を信用せぬ権太夫であるからな」

どこか当て付けのような言い方に聞こえる。

沼田も心のうちを隠しているのか、矢継ぎ早に話す。

花倉はただ黙って、小さく頷いているだけだった。

「万が一、沼田さまの仰るように、鯰屋権太夫が水野派で大目付の久世さまの命を受けているのだとしたら、権太夫と懇意にしている某にその命を与えるのは、非常に危険ではございませんか」

「いや、そうは思わぬ」

沼田はきっぱりと否定した。

それから、懐から厚みのある袱紗を取り出した。

久世が用意した小判よりは、少なそうだ。ざっと見積もって、十五両。九郎兵衛は顔を見上げた。

「この金で、協力してくれと？」

つい、九郎兵衛は冷めた言い方をした。

それを誤魔化すように、

「拙者は金で動いているわけではございませぬ。それに、権太夫が拙者に何か命じているということもございませぬ」

と、述べた。

花倉が袱紗を開いた。

やはり十五枚。

「これだけではない。松永殿が望むように、我が藩にも迎え入れよう。八百石ほどで剣術指南役としたい」

沼田は言った。

「もし、失敗した場合には？」

九郎兵衛はきいた。

まだ巧い返答が思いつかない。

「考えておらぬ。はじめから失敗することを見込んで、頼み事をすることもなかろう」

「それはそうでございますが……」

九郎兵衛は語尾をにごした。

「それで、松永殿。引き受けてくれるか」

沼田が促した。

「少し考えさせてくださいませ」

九郎兵衛は襟を直して、小さく頭を下げた。

あえて失敗して、逃れようかとも浮かんだ。権太夫を裏切ることはあり得ない。恩を感じているというよりも、妹が美濃守の側室であり、『鯰屋』は葛尾藩の御用商人でもある。藩政を裏で操ることもできるだろう。

いわば、妹が人質として、権太夫の手のうちにあるようなものだ。

もしも、権太夫を裏切れば、妹の命はどうなるだろう。

だが、この沼田という男も油断ならない。

「ともかく、考えておいてくれ。こちらも、松永殿が動きやすいように工夫はしてみる」

沼田が意味ありげに言った。

二

九郎兵衛は、芝神明町の『鯰屋』の客間にいた。権太夫は不在で、帰ってくるまで待ってくれと番頭に言われた。裏庭に面した客間で待っていると、どこからともなく何かを焼いているようなにおいが漂ってきた。

室内からではない。

九郎兵衛は窓際に寄り、外を眺めた。

塀越しに見える隣家からは煙がもくもくと出ている。それが風に乗って、『鯰屋』の裏庭へ漂ってきた。

においの元はこれだ。

そう思ったとき、

「失礼いたします」

と、廊下から声がした。

九郎兵衛が部屋の中央に戻ろうとすると、襖が開いた。

権太夫が客間に入ってくる。手には焼き芋があった。

九郎兵衛は座り直し、権太夫が正面に腰を下ろした。

「何か庭におりましたかな」

「いや、においが気になってな」

「なるほど。実は隣の八百屋が、焼き芋もやろうということで、先月から売ってお
ります。煙突がないもので、こちらににおいが回ってきて仕方ありません。苦情を
言ったのですが、あちらが焼いた芋を食べますと、これが美味でございます。松永
さまも、是非に」

権太夫は悠長に勧める。

九郎兵衛は手を伸ばして、口にした。

まだ温かく、そして甘い。

「こんな呑気にしている場合ではない」

九郎兵衛は食べかけの芋を置いた。

「何かございましたかな」

権太夫は相変わらず、にこにことした表情できく。

「安芸鏡山藩の江戸家老、沼田弾正を存じておるな」

九郎兵衛は決めつけた。

この男に、知らぬことなどない。

「はい」

権太夫はそのままの表情で頷く。

「奴から、鉄車の護衛を頼まれた」

「なるほど、そう来ましたか」

「しかも、俺が仕官の口を探していると言って近づき、沼田がその任務との交換条件を出してきた以上、断れば余計に疑われる。それに、沼田はお前さんのことも、久世のことも知っている口ぶりであった」

九郎兵衛は、権太夫の些細な表情の変化も見逃すまいと目を凝らした。

権太夫は相変わらず、読めぬ顔で、

「それは、松永さまの失敗にございますな」

と、ぽつりと言った。

「なに？」

九郎兵衛は、むっとした。

「ただ鉄車を殺すことだけに専念していれば、このような面倒に巻き込まれなかったはず」

権太夫は嫌味っぽく言った。

「鉄車がさっさと現れていればこんなことにはならなかった」

怒りを感じたが、九郎兵衛は堪《こら》えた。

「今さら、そのようなことを言ったところでどうにもなるまい」

「ええ」

「相手は俺が頼まれていることを知りながら、裏切るようにそそのかしているのだろうな」

「そうかもしれませんし、違うやも」

権太夫は曖昧に言った。

「違うと？」

「まだ、沼田さまがこちらの情勢を知っているとは限りません。ただはったりをかましているだけかもしれません」

「いや、あの口ぶりでは」

「言い切れますか」

権太夫は、やけに突っ掛かってきた。

「どこまで知っているかはわからぬが」

「無駄な詮索をすべきではございません」

権太夫は諫《いさ》めるように言った。

九郎兵衛が黙っていると、続けた。

「それに、鉄車が狙われているらしいと知って、本当に腕の立つ者を護衛に付けたいと考えているだけなのかもしれませんので」

「だが、奴は俺を探ってきた」

「少なくとも、私との関係を知っている以上、疑っているのでしょう」

「どこまでも、呑気だな」

「焦っても始まりません」

「ならば、どうすればよいと」

「そうでございますな……」

権太夫は顔を引き締めて、少しの間、考え込んだ。

黒目が左右に素早く動いているのが見える。

「とりあえずは、沼田さまの言う通りにするしかないでしょうな」

「そうか」

「考えようによっては、鉄車に近づくことができます。かえって有利に働いたともいえましょう」

「だが、相手もあえて俺を鉄車に近づけようとしている以上、俺が下手に殺せないように対策してくるであろうな」

「そうでしょうな」

「また厄介なことになりそうだ」

九郎兵衛はため息交じりに言った。

「松永さまなら、うまくこなせるでしょう」

権太夫は笑顔に戻った。

「では、返事をする」

九郎兵衛は立ち上がった。

「私の方で返事をしておきます」

権太夫が言った。

「なぜだ。かえって怪しまれる」

「すでに、様々なことを勘繰っておりましょう」

「考えがあるのだな」

「いえ、松永さまのお手を煩わせぬように」

権太夫の目つきは鋭かった。

「では、任せる」

部屋を出た。

表まで、権太夫が見送りに来た。

『鯰屋』を出て、『浅野屋』に戻る途中、道端で佐島と出くわした。

佐島は九郎兵衛の顔を見るなり、目を見開いた。

「どうして、ここへ」

九郎兵衛は低い声できく。

「焼き芋です」

佐島は慌てたように答える。

「焼き芋？」

「はい、このあたりに近頃流行《はや》りの焼き芋があって、食べてみたいと」

「わざわざ品川からやってきたのか」

「左様にございます」

佐島は大げさなほどに頷いた。

「それほど有名なのか」

「専らの評判で」

「お主は山田浅右衛門の門人であろう。今日はもう務めはないのか」

「ございません。あのような役故に、他の武士とは違いますので」

「そうか」

どこか怪しい。

九郎兵衛がじろりと見ると、佐島は目を背ける。

「寧々に買っていくのか」

「え、ええ」

「余程の仲のようだな」

「まあ」

「付き合いは長いのか」

「半年くらいに」

「どういうきっかけだ」

「きっかけも何も……」

佐島は渋い顔を作った。

どれくらいの仲なのか知ることは、寧々がどれほど信頼できるのかを測る目安になろう。佐島が正直に話さないのはわかっている。

佐島はまだ口ごもっていた。

寧々といい、佐島といい、根は正直なようだ。

「俺がどうこう言える立場ではないが、寧々には下手なことはするなよ」

「はい、心得ております」

佐島は急に強い目になって返した。

まだききたいことがあったが、往来に『鯰屋』の番頭の姿を見かけた。九郎兵衛は佐島と別れ、番頭に近づいた。

番頭はにこりとする一方、警戒する目を九郎兵衛越しに佐島へ向けた。

「まだ見ているか」

九郎兵衛は番頭にきく。

「さっきまではずっと、松永さまのことを」

「お主の目から見て、奴はどうだ」

九郎兵衛は、この番頭のことを、権太夫同様に感情が読めず、頭が切れる、鋭い男と捉えている。

好きになれないが、味方にすれば、頼もしい男だ。

「妙な奴ですが、それほど警戒なさることもないかと」

「どうしてだ」

「不器用そうな方です」

「敵はそんな奴を使わないと？」

「はい」

番頭は頷く。

「しかし、なんだかな」

九郎兵衛は、歯切れ悪く言った。

「気になることでも？」

「あの者は確かに不器用だ。それ故に、俺も奴と話している時には、つい油断してしまった。それが、敵の狙いかもしれないと思えてな」

「そのように考える必要はございません」

番頭は断言する。

「そうか」

九郎兵衛は首を軽く傾げた。

その後、すぐに番頭と別れた。

佐島がわざと間抜けな振りをしているのではないか。その考えがずっと纏《まと》わりついて離れなかった。

『浅野屋』に帰った九郎兵衛の許に、寧々がやってきた。

「先ほど、花倉さまがお越しになりました」

寧々が開口一番に告げる。

「それで？」

「松永さまはいらっしゃらないとお伝えすると、すぐにお帰りになりました」

「伝言は？」

「ございません」

「左様か」

九郎兵衛は頷く。

寧々がその場を離れようとするので、

「ちょっと待て」

と、つい呼び止めた。

「はい」

寧々は怯えるように、肩をすくめて振り返った。

「今日、佐島と会う約束をしているのか」

「いえ」

「していない？」

「そういうわけではなく」

寧々は慌てた。

「どういうことだ」

九郎兵衛は改まってきく。

「いつも、あの方は突然お越しになるんです。なので、約束ということはありません」

寧々は首を横に振った。

「余程深い仲なのだな」

九郎兵衛は、寧々をじっと見ながらきいた。

「いえ」

寧々は気まずそうに答えた。

「出会って、どのくらいだ」

「一年くらいでしょうか」

「一年？　長いな」

佐島の話していることと違う。

寧々はすぐさま、「はじめて出会ってからということでは……」と、付け加えた。

「好い仲になってからは？」

「その好い仲というのがわかりませんが、半年くらいかと」

「どういう経緯だったのだ」

「その……」

口ごもって、言いたがらない。

「野暮なことをきいたな」

九郎兵衛は謝るわけでもなく、どことなく冷たく言った。

「ただ助けてもらっただけです」

寧々が咄嗟に言う。

「なんでだ」

「私が芝へ買い物に行った折、荷物が多くなりまして。そしたら、以前から顔見知りだった佐島さまが偶然通り掛かり、荷物を持ってくださいました」

寧々はそれだけ言うと、頭を下げて廊下を奥へ戻った。


夜も深まった頃、花倉がやってきた。

酒が入っているのか、顔が赤らんでいて、上機嫌だった。文十郎の計らいで、花倉を一階の客間に通した。寧々が酒を用意するかと花倉に尋ねると、花倉は水をくれと言った。

九郎兵衛も酒を呑む気分ではなかった。

「お主が、沼田さまに協力してくれるようで、わしとしても深く感謝いたす」

花倉は声を大きくして、頷くように頭を下げた。

「なんの」

九郎兵衛は頭を上げさせた。

「小早川さまや沼田さまには、何度も世話になっておる。江戸の道場も、三年前に建て直したが、安芸鏡山藩から費用を寄進された」

「安芸鏡山藩から？」

「うむ、沼田さまが繋《つな》いでくれた縁じゃ。鏡山藩だけでなく、仙台藩からも寄進していただいたがな」

「やはり、花倉殿は顔が広いようで」

「一介の剣士にも拘わらずな」

花倉は苦笑いする。

「して、こちらにお越しになったのは？」

九郎兵衛はきいた。

「鉄車のことだ」

花倉は声を抑えた。

九郎兵衛の脳裏には、久世から鉄車を殺せと言われたこと、そして沼田から鉄車を守って欲しいと言われたことが同時に過《よぎ》った。

「江戸に戻ってくるのですかな」

「そのはずだったが、道中で襲われたらしい。命に別状はないが、顔を石で潰されたようで、だいぶ酷い様子だという」

「ふむ」

自分以外に、鉄車を襲う者がいた。久世の手下か、それとも他にも鉄車を殺したがっている者がいるのか。

「では、江戸に帰ってくる道中でも襲われるかもしれませぬな」

「ああ」

「拙者が迎えに行った方がよろしいか」

「それは心配ないとのことだ。鉄車は天然理心流を身につけているという」

「しかし、襲われて、怪我を負ったのでしょう」

「そうなのだが、それは心配ないとの、沼田さまからの言いつけだ」

花倉もどこか妙に思っているのか、口ぶりが滑らかではなかった。

江戸には明日の昼頃やってくるという。

品川の海雲寺《かいうんじ》まで迎えに行くとのことであった。


翌日の昼過ぎ。

九郎兵衛は、ひとりで海雲寺へ向かった。

海雲寺で沼田が待っているという。

道中、佐島に出くわした。

佐島はたまたま近くの家を訪ねるつもりだったというが、

「昨日も芝で会い、今日もだ。偶然にしては……」

と、九郎兵衛は訝し気に首を傾げた。

「いえ、本当に偶然にございます」

「そうか。てっきり……」

九郎兵衛が言葉を言い終える前に、

「まさか」

佐島は思いきり否定した。

それから、

「されど、勘違いさせてしまい、申し訳ございません」

と、深々と頭を下げて、去っていった。

道行く商人や武士たちが、何事かと見ていた。

九郎兵衛は先を進んだ。

海雲寺へ行くと、寺の小僧が九郎兵衛の許にやってきた。

「松永さまですか」

「そうだ」

「沼田さまと、鉄車関がお待ちしておられます」

小僧は弾むような声で告げた。

それから、九郎兵衛は、伽羅《きやら》のにおいが強く漂う応接室へ連れられた。沼田の横では大きな体の男が胡坐をかいている。だが、男は目だけしか露わになっていない黒い頭巾を被っていた。

沼田が、この男が鉄車力也だと紹介した。

「このような姿ですまぬな」

鉄車は太い声で、太々《ふてぶて》しく言い放った。

目には輝きがなく、灰色に濁っている。

「松永九郎兵衛である」

「噂はかねがね」

鉄車は軽く頷いた。

「噂？」

「いや、松永殿がどれほど剣の腕が立つのか聞いておる」

「左様か」

九郎兵衛は沼田に顔を向けて、

「して、これからどうすればよいのでしょう」

と、きいた。

「うむ、色々と考えたが」

沼田は眉間に皺を寄せて、策を話し出した。

まず、鉄車を『浅野屋』から出さないこと。誰か訪ねてきたとしても接触させないこと。さらに、もし出かけるときには、必ず九郎兵衛が同行すること。

この三点を約束させられた。

「わかり申した」

九郎兵衛は答える。

「だいぶ、窮屈になるのう」

鉄車が沼田に顔を向けながら、苦情を言った。

「そなたの為だ。我慢しろ」

沼田は素っ気なく言いつけた。

それだけ決まると、あとは追って報せるとのことで、沼田は駕籠でそそくさと海雲寺を去った。

九郎兵衛と鉄車は、山門まで見送った。

「さて、松永殿。案内されよ」

鉄車が言う。

「俺ひとりでは、多数に襲われたら守り切れない」

「『浅野屋』はもう近くであろうから」

鉄車は歩き出した。

大きな体だが、一歩が大きく、また速かった。しかし、他人の歩く速さを気にすることなく、そそくさと進み続ける。

他人と比べると歩くのが速い九郎兵衛であっても、早歩きしなければ置いていかれるほどだ。

鉄車は言葉遣いが荒く、九郎兵衛を見る目つきは険しいものであったが、気さくに、自ら話を振ってきた。

しばらく四方山話《よもやまばなし》をしてから、

「襲われたというが」

と、九郎兵衛は切り出した。

「ああ」

「どこでやられたのだ」

「平塚と大磯の間だ」

「ひとりでいたのか」

「そうだ」

「お前は天然理心流の免許皆伝とも聞いておるが」

「油断していた。昼間であったし、まさか襲われるとは思わなかった」

「で、どんな奴に襲われた？」

「すばしっこい者だ。忍びのようだった」

もしかしたら、久世が放った間者なのかとも思った。

「それにしては、よく生きながらえたな」

「うむ。そこが不思議であるが、敵は俺の命まで狙っていたのではないのかもしれない」

「というと？」

「顔を潰せばよかったのやも」

「役者でもあるまいし」

九郎兵衛は言った。

「嫌味は止せ」

鉄車が皮肉っぽく笑う。

「いや。どうして、お前の顔を潰すことを目的とするのだ」

九郎兵衛は真面目な顔できいた。

「まず、俺の力からして命を取るのは難しいと踏んだのだろう。それに……」

鉄車が続きを言いかけたが、

「だが、顔を潰す方が、胸を刺すよりも難しい」

と、九郎兵衛は口を挟んだ。

「最後まで聞かねえか。投石を何発も喰らった。近くに来ていたら、こんなことにはならなかった」

鉄車はむっとする。

「飛び道具を使ってこられたら、俺がいようとどうにもできないではないか」

九郎兵衛が言い返すと、

「その時には」

鉄車はいきなり九郎兵衛の両肩を摑み、思いきり引き寄せた。

「こうやって、お主を盾にするまでよ」

と、屈託のない笑みを浮かべる。

さすがの九郎兵衛でも、鉄車ほどの大男で力士の力には抗うことはできない。離されると、すぐに着物の皺を直した。

「そう怒るな」

鉄車は九郎兵衛を小突く。

「その態度が気に喰わん」

「すまねえ。俺は口も態度も悪いもんで」

「力士だからといって許されるわけではない」

九郎兵衛は思わず、腰の愛刀・三日月に手を伸ばした。

武士に向かって無礼を働いたと、ここで難癖をつけて、斬り捨てることもできる。

鉄車は、不敵に笑う。

まるで、警戒していない。

九郎兵衛は柄《つか》から手を離した。

「あまり馴れ馴れしくするでない」

九郎兵衛は告げた。

「へい」

鉄車はふざけて言った。

呆れながらも、他愛のない話をしつつ、『浅野屋』に到着した。

宿に入ると、寧々が出迎えた。

「こちらは……」

寧々は鉄車の頭のてっぺんから爪先まで舐めるように見る。

「鉄車関だ」

九郎兵衛は言い放った。

その声が聞こえたのか、番頭が出てきた。番頭もぎょっとしていた。どうして、鉄車を殺さないのかと訴えているような目であった。

「まあ、これには訳がある」

九郎兵衛は番頭が訴えてきたであろうことに対する答えとして言った。

「おい、妙な言い方は止してくれ」

鉄車は九郎兵衛の肩を突いた。

それだけでも、体が押されて、九郎兵衛はわずかにぐらついた。

想像以上の怪力だ。

番頭は冷静ながらも、

「どのような御用で？」

と、九郎兵衛にきいた。

「おい、これじゃあ俺が罪人みたいだ」

鉄車は嫌味っぽく言う。

「黙ってろ。まさか、お前がここに泊まることになろうとは」

九郎兵衛は首を傾げた。

「俺を守るためだったら、それくらい考えつくだろう。使えねえ用心棒だ」

鉄車は引きつった笑みを浮かべた。

妙に腹立たしいが、

「沼田さまから何も聞かされていなかったからな」

と、転嫁した。

「ともかく、鉄車の部屋をどこかに取ってもらえぬか」

九郎兵衛は番頭に頼んだ。

「かしこまりました」

番頭は寧々を呼んで、九郎兵衛の部屋の向かいを充てがった。

寧々がさっそく支度をして、そこに通した。

「何かあれば、九郎兵衛、お主の部屋に逃げ込めばよいな」

鉄車は馴れ馴れしく、呼び捨てにした。

寧々が、どきりとしたように目を剝《む》いた。

「ああ」

九郎兵衛は小さく頷いた。

三

その日の夜。

九郎兵衛は、鉄車のことを文十郎たちに任せた。万が一のことがあれば、花倉に頼るよう言い付けてある。寧々は佐島晋平の方が近くに住んでいるから頼れるのではないかと言ってきたが、「あやつは信用できぬ」と断った。

寧々は必死になって、

「松永さまの考えているようなお方ではありません」

と、言い返す。

「俺がどのように考えていると思っておるのだ」

九郎兵衛はきいた。

「それは……」

寧々が口ごもる。

「松永さまの仰る通りだ」

文十郎が深く頷く。

「私も、佐島を信用できません」

番頭も付け加えた。

「ともかく、花倉殿の道場はここからそれほど離れているわけではない。頼むぞ」

九郎兵衛は『浅野屋』を出て、芝神明町の『鯰屋』へ行った。

権太夫に、鉄車のことを話そうと思っていた。しかし、すでにこの件は、権太夫の耳に届いていたようだ。

いつもの客間に通されると、

「まさか、沼田さまがそのような手を打つとは……」

権太夫は、からっと笑った。

だが、本心から笑っているわけではなく、何手も先を読んでいるような鋭い目つきであった。

「して、鉄車は強そうですかな」

権太夫は腕を組みながらきく。

「力はそれなりにありそうだ」

「力というのは」

「腕力だ」

「剣術は？」

「まだわからぬ。あのような大きな体の者と、試合をしたこともない」

「松永さまも自信がないと」

「たわけたことを」

九郎兵衛は一蹴した。

「これは、申し訳ございませんでした。しかし、どうも」

「なんだ」

「鉄車の相撲の取組を見ると、体が大きいのに、素早い。技よりも、力でねじ伏せられてしまわないかと」

「剣術は、技で決まる」

九郎兵衛はきつく言い返した。

「松永さまの身を案じているだけにて」

権太夫は頭を下げたが、さらに続けた。

「鉄車は松永さまに狙われていると知りつつ、あえてその懐に飛び込んできたようなものです。これは、相手も負けない自信があるからか、それとも、謀《はかりごと》があるからかもしれませぬ」

「うむ」

九郎兵衛の脳裏には、自分が柄に手を掛けても、動じなかった鉄車の姿が思い返された。

「いや、それだけとも限りませんね」

権太夫が一段と深い声で言った。

「どういうことだ」

九郎兵衛がきく。

「鉄車にしても、断ることができなかったのかもしれません。沼田さまにそう言われてしまいましたら」

権太夫が扇子を膝に打ち付けた。

「ともかく、俺の役目はあいつを殺すことだな」

九郎兵衛は念のために、声を潜めた。

「…………」

権太夫は感情の読み取れない笑みを作ったが、はっきりとは答えなかった。曖昧に首を動かしている。

「殺すのであろう」

九郎兵衛は確かめる。

「さて、松永さまはふたつ抱えております。殺すと守る。どちらに従うか、それは難しいことですな」

権太夫は他人事《ひとごと》のように言った。

「ひとつきかせてくれ」

九郎兵衛は声を低めた。

「なんなりと」

権太夫は余裕を感じる笑みを見せ続けている。

「久世と、お前さんの関係は如何《いか》に」

「昔からの知り合いで」

「そうではない」

『鯰屋』が、いわば幕府の御用商人であることと関わっているのか知りたかった。

九郎兵衛は違うきき方をしてみたが、権太夫ははっきりとは答えずに、「私は商人にございます。商人というのは利によって動くもの」と、軽い口調で告げる。

「全ては利ということか」

「…………」

「俺には、その目利きができぬかもしれぬ」

「何を仰います。松永さまであれば……」

「どっちに転んだとしても、文句は言わぬか」

「はい」

権太夫は、にこりと頷き、

「ただし、『浅野屋』で殺すことだけはお止めください」

と、付け加えた。

「なぜだ」

「あそこで殺しが行われたとなると、同心や岡っ引きが来ることになるでしょう。こちらで隠そうと思ったところで、沼田さまがその届を出されるかもしれません」

「とすると、沼田は『浅野屋』であれば、鉄車は殺されないと踏んでいるのだな」

「おそらくは」

「相手の方が、お前さんより一枚上手だな」

九郎兵衛がさり気なく言うと、

「いえいえ、私は久世さまや沼田さま、どちらの味方ということも」

権太夫は冷静ながらも、負けん気がにじみ出ていた。

「沼田に付くとなったときには、どのような手を打つのだ」

九郎兵衛はきいた。

「それは、後々」

権太夫は明言を控えた。

「そんなに悠長に構えてはいられない。鉄車は大磯から平塚に向かう途中で襲われている」

「ほう」

「誰がやったんだ」

「わかりません」

「そうかもしれませんが、松永さまに頼んでいるのにおかしいですな。ともかく、探ってみます」

権太夫は強張った表情で答えた。

このような言い回しを権太夫の口から聞くのは、初めてである。

「久世以外に、鉄車を狙っている者は把握していないのだな」

「今のところは」

「誰に探らせるのだ」

「それは、松永さまには関わりのないこと」

「だが」

「どうせ、名前をお伝えしたところで、松永さまがおわかりになるわけではないでしょうから」

「だが、知っておくべきことではないのか」

「いえ、松永さまにはただ、鉄車の隙を見て、殺すことだけを考えていただきたく存じます」

「久世の手の者か」

権太夫は妙にうやうやしく頭を下げた。
高輪《たかなわ》大木戸の手前、芝車町《くるまちょう》で九郎兵衛は後ろを振り返った。
つむじ風に吹かれ、木々の枝が揺れている。
通行人は先を急いでいるのか、わき目も振らぬ者ばかりであった。
その中で、妙にゆっくりと歩く笠を被った侍がいた。
芝田町《たまち》一丁目の薩摩《さつま》藩蔵屋敷のあたりから気が付いていた。
体つきは、佐島に似ている。
九郎兵衛は大木戸を過ぎると、一本路地に入った。
そこから、その侍がどう出るか見た。
侍は小走りにこちらへ向かってくる。
九郎兵衛に見られていることに気が付いていないようだ。
侍が角に差し掛かった時、九郎兵衛は彼の目の前に飛び出した。
「あっ」
侍の口から、声が漏れる。

聞き覚えのある声だ。

九郎兵衛は咄嗟に相手の笠を取った。

拍子抜けした佐島の顔が現れた。

「佐島」

「なんでもございません」

「俺を尾けていただろう」

「いえ」

「もう何度目だ。偶然とは言わせぬぞ」

九郎兵衛は睨みつけた。

「それは……」

佐島の声が震えている。

目が泳いでいる。

「何が目的だ」

「…………」

「言わぬか」

九郎兵衛は柄に手をかけた。

佐島は、まだ言いよどんでいる。

鯉口《こいぐち》を切った。

「決して、松永さまがお考えになっているようなことでは」

佐島は慌てて答える。

九郎兵衛は刀から手を離した。

「こちらでは……」

佐島は話ができないという顔をする。さっき、九郎兵衛が潜んでいた路地に入る。

誰もいないことを確かめてから、

「松永さまに危険がないか、確かめるよう頼まれたのでございます」

「誰にだ」

「…………」

「言えないのか」

「口止めされております」

佐島は苦しそうに答える。

「言うんだ」

九郎兵衛は咄嗟に脇差を抜き、佐島の首にぴたりと当てた。佐島はぎょっとした目をしたが、口を固く結んで首を横に振る。

「申し訳ございません」

佐島がそう言ったとき、九郎兵衛は刃をわずかに皮膚に喰い込ませた。一本の細い血管が切れたかのように、鼻血ほどの少量の血がたらりと落ちる。脇差を一度離し、今度は佐島の心の臓の上あたりを目掛けて突き刺そうとした。

佐島はぎゅっと目を瞑《つぶ》った。

九郎兵衛は手を止めた。

脇差をしまった。

「俺はひとりで平気だ。もう尾けるでない」

九郎兵衛は佐島の体を離した。佐島が地面にどしりと落ちるのを横目に、その場を立ち去った。

『浅野屋』に戻ると、鉄車が火鉢の前で片膝を立てて座っていた。刀は少し遠くに放り投げてある。

手には大徳利と、湯呑茶碗がある。

九郎兵衛が羽織を脱ぎ、衣紋掛《えもんか》けに掛けている間、鉄車は酒を水の如く、ぐびぐびと呑んだ。

「何故、勝手に他人の部屋に」

九郎兵衛は腰を下ろし、冷え切った手先を火鉢に当てた。

「どうも、ひとりでは暇だ」

声が大きかった。

「仕方あるまい」

「それより、随分遅かったな」

「二刻（約四時間）も経ってなかろう」

「待たされる身にもなってみろ」

鉄車はどんどん酒が進む。

九郎兵衛にも徳利を差し向けてきたが、

「俺は呑まぬ」

と、断った。

「下戸か」

「いや」

「なら、呑まねえか」

「そのような悠長なことはできぬ」

「何が悠長だ」

万が一、ここで九郎兵衛が斬ろうと思えば済む。

ただ、『浅野屋』というだけで、この男は生きながらえているわけだ。

この大男が急に儚《はかな》げに見えてきた。

「そんな目で見るんじゃねえ」

鉄車は自身の茶碗に酒を注ぎ、乱暴に九郎兵衛に押し付けてきた。

茶碗から、酒がこぼれる。

「なら一杯」

九郎兵衛はさきほどの鉄車の呑みっぷりに負けないように、一気に喉に流し込んだ。

「おう、いける口だな」

鉄車は嬉しそうに、さらに注ごうとする。

九郎兵衛が茶碗を引っ込めたものだから、酒が畳にこぼれた。酒は畳に吸収されるが、しみができる。

鉄車はそのしみの上に、徳利を置いた。

「飲み比べるか」

「そんなことはせぬ」

「なぜだ」

鉄車はまじまじと九郎兵衛の顔を見る。

「呑んだところで何になる」

「嫌なことを忘れられる」

「そういう酒の呑み方は好かぬ」

「では、どういう酒なら好むんだ」

鉄車は当て付けのように、徳利ごと持ち上げて口を付けた。

喉が波のように、うねる。

「仕事がうまくいったときに呑め」

九郎兵衛は冷たく言う。

鉄車は鼻で嗤《わら》った。

「お前にも、そういうことがあるだろう。大関にまで上り詰めたんだから」

「大関ねえ……」

鉄車は首を傾げ、空になった徳利を覗く。

それから、急に徳利を襖の方に放り投げた。

ガタンと、襖が動く。

「何をそんなに荒れているんだ」

九郎兵衛はきいた。

「ここにいても、つまらねえだけだ」

「お前の身を守るため」

「そんなこと、わかってらあ。だが、いつまでだ」

鉄車が立ち上がった。

襖へ向かう。

がらりと開けるなり、

「酒！」

と、大きな声を階下に放った。

「はい、ただいま」

寧々の声がした。

乱暴に襖を閉め、さっき座っていた位置よりも、さらに九郎兵衛の近くに腰を沈めた。

「いつまでだ」

もう一度、鉄車が厳しい口調できいた。

「狙っている者の正体が摑めるまでだろう」

九郎兵衛は、言葉にわずかに詰まった。

「なら早いとこ、その正体を摑んでくれ。もう、飽き飽きしているんだ」

鉄車は、廊下の足音に合わせて体ごと振り向いた。

寧々が入ってくる。

「早う」

鉄車は立ち上がり、寧々の手から酒を奪い取った。

「他に、ご用意するものは？」

寧々は獣を見るような目を、鉄車に向けていた。

「あるか」

鉄車は九郎兵衛にきいた。

「ない」

九郎兵衛は頭を振った。

久世から殺害を命じられたことを知っていて、あえてこのような芝居をしているのか。

だが、鉄車の苛立ちは、本心のようにも思える。

（だとすると、沼田は九郎兵衛の正体を知っているが、鉄車は知らないということだろうか）

四

九郎兵衛が廊下に出ると、向かいの部屋の襖が勢いよく開いた。

冷え込む廊下に、鉄車は不満そうな顔で、目の前に立ちふさがった。

「また、出かけるのか」

「ああ」

「どこへ行く」

「どこでもいいだろう」

「お主の役目は、俺を守ることだ。ここにいるべきではないのか」

苛立った口調だ。

目つきは、不安げである。

「それ以外にも、忙しい」

九郎兵衛は鉄車の体をどけて、階段を下りた。

「おい」

鉄車が背中越しに声を荒らげるが、追いかけてくることはなかった。

『浅野屋』を出ると、花倉の道場へ向かった。

花倉はいなかった。

今まで見たことのない弟子たちが、稽古をしていた。

まだ十代くらいの若い侍が、外から様子を眺めている九郎兵衛に気が付き、近寄ってきた。

「先生は外しております」

「いつ頃、戻られる」

「まだわかりませんが、あと一刻のうちには」

「左様か」

九郎兵衛はまた来ると言い、去ろうとした。

「もしや、松永九郎兵衛殿であらせられますか」

「いかにも」

「先生よりお伺いしておりました」

「なんと？」

「万が一、訪ねてこられた時に留守の場合には、佐島へ通すように」

「佐島に？」

「はい。先生のことをご存知なので、失礼のないようにしろと」

「失礼も何もないがな」

「ともかく、佐島を呼んできます」

若侍が道場の奥に行くと、すぐに佐島がやってきた。佐島はどこか気まずそうな顔をしている。

「松永さま」

呼びかける声が震えていた。

「なんだ、仰々しい」

九郎兵衛は何事もなかったかのように言う。

「少々、こちらへ」

佐島は道場の中ではなく、品川神社の社務所に向かった。

九郎兵衛はただ黙って付いていく。

社務所に入るなり、佐島が口をひらく。

「鉄車関は如何ですか」

「面倒な奴だが、『浅野屋』から勝手に出る真似はしなかろう」

「しかし、松永さまが目を離している隙に誰かがやってくるということは……」

「ないとは言い切れぬが、あそこの宿の者もいる。他に宿泊客はいないようだしな」

「そうですか」

佐島は頷いた。

「それより、どうしてこんなところに呼んだのだ」

九郎兵衛はきいた。

「聞かれてはまずい話が」

「道場の中にも、厳重な部屋があっただろう」

先日、沼田と初めて会った時に使った部屋を示唆した。

用心するなら、社務所よりもあの部屋の方が、万が一誰かに話を聞かれることもなさそうだ。

「先生しか使えませんので」

「だが、お主は名代のような者ではないのか」

「名代？」

「そのように見えるが」

「まさか。他の名だたる兄弟子らを差し置いて、そのようなことは」

佐島は思いきり、首を横に振った。

「俺の目には、花倉殿はかなり信を置いているようにも見えたが」

「松永さまの考え過ぎにございます」

「そうだろうか」

九郎兵衛は首を傾げた。

「それはそうと」

佐島は一段低い声で、

「松永さまにお願いがございます。薬研堀の天然理心流道場へ行っていただきたいと思いまして」

と、まじまじと九郎兵衛の目を見た。

「鉄車のいる道場だな」

「はい」

「どうして、そこへ」

「先生は、天然理心流の道場に裏切者がいるのではないかと疑っています。本日はそれもありまして、薬研堀へ行っています」

「その言い方からするに、怪しい人物の目安はついているのだな」

「わかりませんが」

佐島は急に伏し目がちに言う。

「で、いつ行けばいい」

「先生が一緒で、松永さまのご都合のよろしい時に」

「それなら、今から行けばいいか」

「はい、四半刻（約三十分）前に出たばかりでございますので、入れ違いになることはなかろうかと」

「そうとなれば」

九郎兵衛はさっそく、立ち上がった。

「わざわざ、ここまで来る必要もなかったのではないか」

「いえ、聞き耳を立てている者がおります」

「誰だ」

「わかりませんが、松永さまが先生を訪ねてくるようになってから、先生は誰かが道場に潜んでいると仰るのです」

「誰かが？」

「天井裏や、床下など、どこからともなく気配を感じると言われます」

「俺のせいみたいな言いぐさだな」

「滅相もございません。ただ、先生は気にされて、私は松永さまをこちらにお通しするようにと言いつかっております」

佐島は申し訳なさそうに答えた。

「そうだ、ひとつ尋ねたい」

「なんでしょう」

「薬研堀の道場について、できるだけ教えてくれ」

九郎兵衛は再び腰を下ろした。

「はい、それほど詳しくはありませんが」

佐島はそう言って、話し出した。

道場主は、一橋無楽斎《ひとつばしむらくさい》という、今年四十になる町医者だという。

もとは八王子に住んでいて、八王子千人同心の診察に当たる医者の門人だったといい、ちょうど、千人同心たちが天然理心流を習っていたので、無楽斎も興味を持ち近藤《こんどう》道場へ見学に行ったという。

そこで初めて剣術に触れた時に、近藤から「なかなか見どころがある」と褒められ、それをきっかけに医者の手伝いをしながら剣術にものめりこんだ。

医術も剣術もどちらも一人前になると、もっと町に出て自分の力を試したいという思いから、知り合いの医者を頼り、薬研堀へ来たという。

薬研堀は、医者町とも呼ばれるほど、医者が密集している。

現在、医者としての名は埋もれているが、一方で天然理心流の道場主として、数年で弟子を百人以上に増やした実績がある。

今まで何度も道場破りを試みる者が現れたが、一本勝負で全てに勝っているという。

「それほど、腕が立つのだな」

九郎兵衛は独り言のように言った。

「なんといいますか。花倉先生に似ております」

「すると、本番に強いと」

「はい。もし、真剣で斬り合いになれば只では死なない御仁でしょう」

「只では死なない？」

九郎兵衛はそのことよりも、むしろ、佐島自身が真剣を使って人を殺したことがあるように思えた。

山田浅右衛門の門人であるから、それもそうか。

「おそらく、そうではないかと」

佐島は肩をすくめた。

「天然理心流……」

九郎兵衛は、ふと声を漏らした。

天然理心流の者と手合わせしたことは殆どない。

もしかしたら、今後、その一橋無楽斎とも試合をすることになるかもしれない。

（いや、試合だけで済むだろうか……）

まだ会ってもいないのに、どこか不安を感じていた。

両国橋より大川を下った西岸に、こぢんまりとした道場があった。表には、『天然理心流』と骨太の文字で書かれた看板が出ていた。

この道場は外から覗けないようになっていた。

九郎兵衛は戸を開けた。

鍵は掛かっていない。

すぐ傍で、防具を身に着けた町人風の男が、九郎兵衛の顔を見るなり、姿勢を正した。

「先生に御用でしょうか」

「ああ」

「それでしたら、いま来客がありまして。奥の客間にいらっしゃるのですが」

「その来客は、花倉弥兵衛殿ではなかろうか」

「左様で」

「その花倉殿と、こちらの先生にも用があって参った」

「少々お待ちください」

町人は急いで防具を外して、奥へ消えた。他の弟子たちも九郎兵衛が気になるのか、ぴたっと動作を止めている。

息を殺しているようでもあるが、どこか慣れていない様子だ。

ここにいる者たちは、皆、侍ではなさそうだ。

商人の次男か三男、遊び人風の者までいる。

見回していると、さっきの男が戻ってきた。

「どうぞ」

少し離れたところから、九郎兵衛を呼んだ。

九郎兵衛は男に付いていく。

花倉の客間と違い、厳重な構えはしていない。

八畳間に、花倉と無楽斎が対座している。互いに、険しい顔をしていた。

無楽斎は色白で、細身であった。どこか冷たい切れ長の目が、総髪と相まって医者の方がしっくり来る。

九郎兵衛が足を踏み入れるなり、花倉は意外そうな目をした。

それが、何を意味しているのかわからない。

九郎兵衛は花倉の隣に腰を下ろし、まずは挨拶をした。

「先ほど、花倉さまよりお聞きしました」

無楽斎が言った。

「いま、無楽斎殿と話をしておった。我が道場の者を引き抜いているという件でだ」

花倉はもう一度、さっきの目つきをした。

「されど、私が引き抜いたことなどございません。たまたま、花倉さまの道場に通われている方が、こちらに替えただけで」

「それがふたりもいるとは」

「互いに、門人の数がそれなりにいますから、ふたりくらい」

「たったふたりと言うが、人数の話ではござらぬ。筋を通してもらいたいと思っておる」

これらの会話はすでに、もうふたりの間でくり返されているのであろう。

またか、という顔を無楽斎はしている。

「しかし、こちらの提示する金額ではご満足いただけないとなると」

無楽斎は言葉には表さないが、どこか不満げな面持ちである。

「ならば、ここで勝負するというのは如何であろう」

「勝負？」

「試合だ。もしそなたが勝てば、そのふたりの弟子は譲ろう。また、これからもそちらに弟子が流れようとも文句は言わぬ」

「負けた場合は？」

無楽斎は探るような目つきできいた。

「道場を閉めてもらいたい」

「え？」

「如何かな」

花倉は無楽斎を見くびるように見ている。

無楽斎は彫りの深い顔で、畳の一点を見つめながら考えていた。

やがて、顔を上げる。

「それは、できませぬ」

「どうしてだ」

「あまりに、こちらの利が少ないからにございます」

「では、条件を足せば受けて立つというのか」

「条件次第ではございますが」

「うむ」

言ってみろと言わんばかりに、花倉は顎を突き出す。

「私が勝った場合には、花倉さまも道場をお閉めください」

「そう来たか」

「それだけではありません」

「なに？」

「こちらを侮辱なさいましたので、それに対しての謝罪文を書いていただきたい」

「よかろう」

花倉はすぐさま、口を挟んだ。

「まだ終わっておりません」

無楽斎は続けて、

「沼田弾正さまの謝罪を示すわび状もくださいませ」

と、はっきりとした声で告げた。

「何故に、沼田さまの？」

花倉がきく。

「花倉さまの道場は、沼田さまが裏で操っています」

「憶測だけで話すでないぞ」

「そうでしょうか。こちらをご存知ないとは言わせません」

無楽斎はそう言って、懐から黒桟革《くろざんがわ》の財布を取り出した。財布の中は金地である。

「こちらをご存知ないですかな」

無楽斎は強張った声できく。

「さあ」

花倉は首を傾げた。

「以前この道場にいた門人、綾之助《あやのすけ》のものです」

「そのような知らぬ名前を出されても」

「綾之助は、ここを辞めた後、花倉さまのところへ通っておりました」

「いつの話だ」

「一年ほど前でしょうか」

「覚えておらぬな」

「そのようなはずは……」

無楽斎は、嫌疑の目を向けている。

「仮に綾之助とやらがこちらに流派を替えたとあっても、引き抜いたわけでない。そこがそなたとは違うところ」

「いえ、そのことではありません。その後、綾之助はどうなりましたか」

「だから、知らぬ」

「では、話しましょう」

無楽斎が言いかけたところ、花倉が柄に手を掛けた。

「あまり出過ぎた真似をすると」

その時、背後の襖が音を立てて、思いきり開かれた。

刀を持った弟子、五人が控えている。

「花倉さま」

無楽斎が呼びかける。

「あまり事を荒立てたくはございません」

「…………」

花倉は柄から手を離した。

九郎兵衛はいつでも無楽斎に斬り掛かれるように心構えしている。

「それに、大関の姿もございません。もしかしたら、花倉さまが？」

「何を言う」

「綾之助のことがありました故、つい疑ってしまったことはお許しください」

無楽斎が冷たく言い放った。

「松永殿、帰るぞ」

花倉は立ち上がり、

「試合は受けて立とう。日時は追って伝える」

と、ずかずかと出ていった。

九郎兵衛は花倉の隣を歩いた。

天然理心流の門人たちが、後を追ってくることはなかった。

「それにしても、どういうことで」

九郎兵衛はきいた。

「あやつは何を考えておるのかわからない。言いがかりをつけてくる」

「しかし、綾之助という人物は？」

「知らぬ」

花倉にしては珍しく、粗暴な言い方であった。

「それに、鉄車のことを言っておりましたが」

「わしが鉄車を自分の道場に引っ張り込もうとしていると勘違いしているらしい」

「それならそうと伝えればいいものを。それに沼田さまから頼まれて、鉄車を守っているを言えばいいものを」

九郎兵衛は軽く叱るように言う。

花倉は黙っていた。

しばらく歩いていると、

「それより、どうして、お主は来られた」

と、思い出したようにきいてきた。

「佐島が、花倉殿が薬研堀にいるから行ってくれと」

九郎兵衛は答えた。

「全く、無駄なことをしよって」

花倉は吐き捨てるように言う。

「花倉殿が命じたわけではなかったので？」

「ああ」

花倉は舌打ちをした。

やがて慌てて、

「いや、お主に怒っているわけではござらぬ」

と、言い直した。

「しかし、佐島はどうしてそんなことを」

「あやつは、わしのことを慕うあまり、よかれと思ってやったのだろう。よくあることだ」

花倉は遠い目をしていた。

五

強い風が吹いている。そして、どこからともなく、烏《からす》の鳴き声が聞こえる。

頑丈な『浅野屋』の戸が、がたがた揺れている。

九郎兵衛は宿に戻る前に、急に嫌な予感がした。

土間に入ると、衝立の奥から寧々が出てきた。

「あっ、松永さま」

慌てた声だった。

「どうしたのだ」

「鉄車関が出ていかれて、まだ帰っておられません」

「どうして、勝手に出したのだ」

九郎兵衛はつい、叱りつけた。

「申し訳ございません」

寧々は大きくうねるように、腰を折り、頭を下げた。

「なぜ出したのだ」

九郎兵衛は声を抑えて、もう一度きいた。

「先ほど、松永さまの使いという方がやってきて、鉄車関への文を渡してきたんです。それで、鉄車関は文を読むなり、松永さまから呼び出されたからと出ていかれまして」

「お前は、その内容を読んだか」

「いえ。ただ、よくよく考えるとおかしいと思いまして」

寧々は不安そうな面持ちで答える。

九郎兵衛は思わずため息をつき、宿には上がらず、表戸を出ようとした。

「どちらへ」

寧々が背中越しに尋ねてくる。

「捜しに行く」

「あの」

「なんだ」

「おひとりで平気でしょうか」

「お前が付いてきても、仕方なかろう」

「そうなのですが」

「行ってくる」

九郎兵衛は『浅野屋』を飛び出した。

先ほどよりも、風がさらに強くなっている。肌を突き刺すような寒さだが、九郎兵衛の身は震えていなかった。

嫌な予感が増幅していた。

行く当てはない。

しかし、足は勝手に動いていた。まずは二軒隣の腰掛茶屋へ寄る。そこで、確かめてみたが、鉄車は見ていないという。

すると、街道沿いではないかもしれない。

九郎兵衛は路地に入り、そのまま進んだ。

(よくよく考えてみれば、鉄車が死んでくれれば言うことはない)

それで、任務は終わるのである。

九郎兵衛にとってよいことではないか。それなのに、なぜか心が落ち着かない。

それから、一刻(約二時間)あまり、近所を探ってみた。

鉄車を見かけた者は誰もいない。

花倉の道場へも寄ったが、そこにもいなかった。

一度、『浅野屋』へ戻ってみよう。

九郎兵衛は踵《きびす》を返した。

『浅野屋』はしんとしていた。

九郎兵衛は入口すぐのところにいた寧々に、

「まだ帰っていないか」

と、確かめた。

「はい」

寧々は泣きそうな顔で、小さく頷く。

「全く」

九郎兵衛は、どうしたものかと考えた。

すでに、鉄車は亡き者にされているかもしれない、という考えも浮かんだ。

自分を騙《かた》る何者かが、鉄車を誘い出した。

もしかしたら、久世の手の者の仕業かもしれない。九郎兵衛が『浅野屋』で鉄車を殺すことはできないし、かといってしびれを切らした久世の者が鉄車を外に呼び出せば警戒される。だから、九郎兵衛の名で呼び出したのかもしれない。少なくとも、ここ数日で鉄車は九郎兵衛のことを味方に思っているようだった。

「これは朗報なのか」

九郎兵衛は、ぽつりと言った。

「もし、久世さまの手の者がやったのであれば、そうですが」

文十郎は険しい顔で答えた。

すでに、権太夫や久世に使いを出して確かめたが、ふたりともそのようなことは命じていないという。

「鉄車関が逃げ出したということも考えられます」

「逃げ出す……」

「こちらの企てを知られたとか?」

「だが、沼田は企てを知っていながら、あえて鉄車をここに寄越した。それが一番安全だと踏んでのことではないのか」

「そうではありますが、鉄車関の様子からして、本人には真相は知らされていなかったのかもしれません」

「たしかに」

文十郎の言う通りだろう。

「ともかく、逃げ出されたら……」

文十郎は、思い詰めた目をする。

「奴が逃げたら、どうなるというのだ」

「どうなるも、松永さまの任務が」

「そういう時もあろう」

九郎兵衛は本心でないことを口にした。

続けて、

「そもそも、どうして奴を殺さなければならなかったのか。筋が通っていない」

ということも口走った。

(我ながら、言い訳がましい)

九郎兵衛は歯ぎしりをした。

文十郎は厳しい目を向け、黙っていた。

「だが、考えてもみろ。鉄車を殺したところで……」

「松永さま、そのようなことを考えている暇はございませんぞ」

文十郎は今までにないほど、力強い口調で言った。

低く小さい声だが、やけに迫力があった。

商人の顔ではない。

咄嗟に、そう感じた。

「松永さま」

文十郎が改めて、呼びかけてきた。

「とにかく、捜しに行けと？」

「いえ、鉄車関はこちらで捜します。松永さまは、花倉さまの許へ」

「なぜだ」

「匿っているやもしれません」

「しかし」

「お願いします」

文十郎は確信を持っているのかわからないが、ともかく押し付けるように言う。

花倉の道場までは、四半刻（約三十分）もかからなかった。

すでに、外は真っ暗である。

道場は弟子たちが全て帰った後なのか、がらんとしている。

佐島の姿さえもなかった。

「珍しく、あいつがいないな」

九郎兵衛は、あえて軽口を言った。

花倉に異変を悟られてはならない。

「どこへ行ったものやら」

花倉は首を傾げた。

おかしな答えだ。まるで、佐島がいるべきなのにいないと言っているようだ。

「あやつは、花倉殿の何なのですか」

九郎兵衛はきいた。

「一番出来の良い弟子だ」

「つまり、強いと？」

「強さでは、あいつに勝る者はいくらでもおる。しかし、わしの剣術に通じるものが、あいつの肌身に沁みついている」

試合ではなく、真の斬り合いになれば強い。

そう聞こえた。

「つかぬことを伺うが」

「うむ」

「花倉殿は、人を斬ったことがござるか」

「人を……」

花倉は短いため息を漏らした。

怪訝《けげん》そうな目をして、

「斬ってみたいものよ」

と、言った。

どういう意味で、ときこうとしたが、

「お主は？」

と、花倉が先に言葉を挟んだ。

「ござる」

九郎兵衛は頷く。

躊躇はなかった。隠しても、この男は、すでに感づいているか、誰かから聞いているだろう。少なくとも、安芸鏡山藩の江戸家老、沼田弾正は九郎兵衛の過去を調べていそうだ。

「で、あるか」

花倉はどこか遠いところを見ていた。

「しかし、義のため」

九郎兵衛は言い添えた。

「本来ならば、それが武士というもの」

花倉が複雑な顔をして言う。

武士とは損得勘定で動くべきではないと、以前に言っていた。五年前に、九郎兵衛が仕官先を相談した際であった。

その時は、はっきりと九郎兵衛の目を見て言った。

武士とは何たるかを、この男は大事にしている。九郎兵衛は花倉と接する度に、それを強く感じた。

（だが、今はあの時のような力強さがない）

花倉は複雑な表情を引きずったまま、「人を斬るのは容易いこと。されど、そのような時代に生きてはおらぬ」と、ぼそりと告げた。

「花倉殿の剣術は、戦国の世に必要とされそうですな」

「いや、臆病者の剣術だと言われそうだ」

「生き残らなければなりませんので、そのようなことを気にしてはいられないでしょう」

「戦場で散ることこそ、武士の誉れだ」

「そこは、同意しかねますな」

「わしも、もはや五十だ」

花倉はどこか諦めたように答えてから、

「人間《じんかん》五十年、下天の内をくらぶれば、夢幻の如くなり」

と、幸若舞《こうわかまい》の演目、『敦盛』の一節を暗唱した。

「以前、『信長公記《しんちょうこうき》』を読んでおりましたな」

九郎兵衛は思い出して言った。

「わしは、信長のように生きることはできなかった。だが……」

花倉は言葉を詰まらせた。

慎重に言葉を選んでいるのか、それとも、言わずにおこうとしているのか。

「お主、そんな話をしに来たのですかな」

花倉の目に、急に疑念の影が差した。

「いえ」

「鉄車のことですかな」

「ええ」

九郎兵衛は頷き、相手の様子を窺《うかが》った。

もし、鉄車を匿っているのであれば、そのことが顔に出る。この男はそこまで器用な役者ではない。

「何か迷惑でもかけているので？」

花倉は能天気にきく。

「いなくなったのです」

「なに、それならそうと早く」

「まだ鉄車がどうなった訳でもないので。ただ散歩に出ているだけやもしれませぬが」

「そう思っているなら、わざわざここには来ないはず」

花倉は急に焦ったかのように、色々な地名や店の名をぶつぶつと口にした。

全て、鉄車が関わりのある場所のようだ。

ひと通り羅列してから、

「そこらを捜してみるがよい。今から弟子たちを集める」

と、宣言した。

「そのような大ごとにしては」

「構わぬ。何かあれば一大事だ。沼田さまにも顔向けできぬ」

花倉はすぐに大声でひとを呼んだ。女中と下男がやってきた。ふたりに弟子たちを集めるように告げる。ふたりは急いで道場を出ていった。それから九郎兵衛に対して、

「先ほどのことが気がかりだ」

と、口にした。

「無楽斎殿のことで？」

九郎兵衛はきき返す。

「ああ。あの後、すぐにこのようなことが起きた……」

花倉は遠い目をする。

だが、すぐに我に返り、

「ともかく、お主も思い当たるところを捜してみてくれ」

と、促した。

九郎兵衛は道場を出た。

雲が月を覆ったが、すぐに月は顔を現した。風が強く、爪先が凍るように痛い。

品川へ戻ったが、鉄車の姿はなかった。

眠れない寒い夜を過ごした。


翌朝は七つ（午前四時）前から『浅野屋』を出た。

無駄だと思いつつも、脇道を通って鉄車の姿を捜しながら薬研堀へ向かった。

六つ（午前六時）になっていた。

棒手振《ぼてふ》りの売り声が少し遠くから聞こえてきた。心なしか鉄車の声と似ていた。

九郎兵衛は思わず声の方に向かっていった。二度角を曲がると、その棒手振りが見えた。

鉄車とは、体格がまるで違った。

棒手振りは九郎兵衛に気が付き、

「どうかなさいましたか」

と、きいてきた。

「いや、そなたの声が知り合いに似ていてな」

「お知り合いに？　もしや、鉄車関じゃありませんか」

「ああ」

「やはり。相撲好きには、何度か言われたことがあります。あっしは相撲は好きですが、鉄車関の声なぞ聞いたことがないもんで」

「だが、鉄車関はあそこの道場に通っているだろう」

九郎兵衛は少し先にある天然理心流の道場を指した。

「そのようです。あっしの兄が、その近くの剣術道場に通っていて、何度か見かけたと言っていました」

棒手振りは愛想よく話したが、「では」と軽く頭を下げて、再び歩き出した。

九郎兵衛は天然理心流道場へ行き、裏手に回ると戸を強く叩いた。

しばらくしてから、

「どなたで」

と、警戒した声が掛かった。

無楽斎の声だった。

「松永九郎兵衛でござる」

「松永殿？　はて、どなたであったろうか」

「昨日、花倉殿とこちらに伺った」

九郎兵衛が答えると、戸が開いた。

小さな姿勢でやや低く身構える無楽斎がいた。

「朝早くに失礼」

九郎兵衛はまず詫びた。

無楽斎は同じ姿勢でわずかに手を柄に近づけたまま、九郎兵衛を見て黙っている。

急に風が強く吹きつけた。

無楽斎のこめかみがぴくりと動く。

「襲いに来たわけではござらぬ」

九郎兵衛はそれを示すかのように、手を軽く広げた。

「では、何をしに」

無楽斎はぶっきら棒にきく。

「鉄車のことで」

「ほう」

「寒いので入ってもよいか」

「申し訳ないが、まだそなたを信用できぬ」

無楽斎は低い声で返した。

「では、ここでもよい」

九郎兵衛は赤くなった指先を軽く動かしながら、

「鉄車はおらぬか」

と、きいた。

「おらぬ」

無楽斎は唐突な問いに、さらに警戒を強めたようで、とうとう柄に手をかけた。

「だいぶ敵視しているようであるな」

「花倉さまがそなたを寄越したのであろう？」

「違う。ただ、鉄車がここにいないか確かめに来たのだ」

「こんな早くに？」

無楽斎が睨む。

「あいつは、ここに通っているのだろう？」

「そうだ。だが、住んでいるわけではない。それくらい、わかっておろう」

無楽斎の語気が強まる。

下手な言い訳は通じないと言いたげな力んだ口元だった。

「ただ、鉄車がいないのであれば、もう用はないのだ」

九郎兵衛は踵を返した。

天然理心流の道場を出てから、近くの剣術道場に入った。

鏡新明智流《きょうしんめいち》と、表の看板に書かれていた。

道場主は九郎兵衛を見るなり、それなりの剣豪と見てとったのか、うやうやしく近寄ってきた。

「つかぬことを伺うが」

九郎兵衛は一橋無楽斎のことを知っているか尋ねた。

「もちろん。知ってはおるが……」

道場主は苦い顔をする。

あまり快く思っていないような口ぶりでもあった。

「決して、あいつの回し者ではない」

九郎兵衛は断った上で、

「半年ほど前まで、奴のところにいた綾之助という門人を知っておるか」

「若い男でござるか」

「そのようだ」

九郎兵衛は頷く。

「見かけたことはあるが……」

よく知らないという。

さらに、剣術の大会に出ていたことがあると、花倉が言っていたことも告げたが、道場主にはさっぱりわからないらしい。

「左様か」

九郎兵衛はその道場を出て、また他の道場を当たった。

この界隈で、五か所ほど回った。

いずれも、綾之助のことを知らなかった。

道場主だけではなく、そこに来ている門人たちにも聞いてみたが、詳しいことは相変わらずわからなかった。

やがて、陽が沈んだ。

雲が出てくると共に、冷たい風も吹いてきた。

九郎兵衛は剣術道場で綾之助のことをきくのを諦めて、芝神明町へ向けて歩き出した。

権太夫なら、知っているかもしれない。

日本橋から、京橋を抜け、木挽町《こびきちょう》七丁目に差し掛かった時だった。紀伊国《きのくに》橋際と汐留《しおどめ》川に面する七丁目には舟宿が並んでいる。

舟宿には灯りが点いており、賑やかだった。

その中でも比較的大きな舟宿の前に差し掛かった時、背後に気配を感じた。

（佐島か）

さっと、振り返った。

誰もいない。

他の通行人の姿もなかった。

まさか、咄嗟にどこかの舟宿に入ったのか。

九郎兵衛はそのまま突き進もうとした。

だが、気になってもう一度振り返った。

それから、すぐ近くの舟宿の格子戸をがらりと開けた。

土間のすぐ目の前が畳敷きになっている。

格子戸を開けたまま、片足を突っ込んだ。

呑んでいる客がいて、こちらを向いてきた者もいたが、身内話で盛り上がって九郎兵衛に気づかない者たちもいた。

働き手が足りないのか、店の者の姿は見えなかった。

九郎兵衛は近くのふたり連れの商人風の男たちに、

「つい今しがた誰か入ってこなかったか」

と、尋ねた。
その間にも、外を気にして、ちらちら見ていた。
「いや、誰も」
ひとりが首を横に振った。
「そうか、邪魔をした」
九郎兵衛はすぐにその舟宿を出た。
もう一軒隣の舟宿にも顔を出した。
そこにも、駆け込んできた者はいないという。
(気のせいか)
九郎兵衛は舟宿の屋根を見渡しながら考えた。
佐島であれば、尾行がそれほど巧くなく、すぐに気が付く。
(それとも、今まではわざと下手な真似をして騙《だま》していたか)
そんな考えも過ったが、すぐに振り払った。
九郎兵衛は再び進んだ。
だが、『鯰屋』へ行くのは避けたい。

どうしても、尾けられている気がしてならない。

『鯰屋』に寄るのを止めた。

芝を突っ切り、三田、高輪大木戸、そして品川宿に差し掛かった時には、五つ半（午後九時）ほどであった。

『浅野屋』へ向かって、歩き続けた。

第三章　密会

一

『浅野屋』に戻ると、一階の奥から、

「しばらく安静にしなければなりませんが……」

と、聞き覚えのない声がした。

「ここでない方がよろしいのでは？」

今度は、文十郎の声だった。

九郎兵衛は声のする部屋へ入った。

文十郎、番頭、寧々が、夜具を取り囲んでいる。その横には、薄くなりかけた総髪の六十半ばくらいの医者と、その弟子のような若い者がふたりいた。

皆の中心には、大きな体が横たわっている。

鉄車であった。

着物には、血がぐっしょりと染みていた。

「おい」

九郎兵衛は思わず寄って、腰を落とした。

鉄車の傷は深そうだ。

顔は苦しみを浮かべながらも、

「松永九郎兵衛」

と、いつもとは違う弱々しい声をかけてきた。

「一体、誰に」

「愚問だ」

鉄車がしゃがれた声で答える。

「なに？」

「知っているくせに」

鉄車は皮肉に笑う。

「何をふざけたことを」

九郎兵衛は、つい横たわっている鉄車に触れそうになった。「ちょっと」と、そばにいた医者が止める。

「傷は？」

今度は、医者にきいた。

「深いですが、鉄車関のこの隆々とした体です。命に別状はないかと思われます」

「そうか」

「ですが、安静にしていなければ。油断は禁物です」

引き締まった声だった。

九郎兵衛は文十郎に呼び出されて、別室へ移った。襖をぴたりと閉めてから、

「松永さまがやったのではありませんよね」と確かめてきた。

「違う。俺はずっと奴を捜していた」

九郎兵衛は答えた。

かれこれ、一刻（約二時間）以上、品川宿を捜し回っていたと説明した。

「で、どこで見つかったんだ」

九郎兵衛はきいた。

「すぐ近くです」

「お主が見つけたのか」

「いえ、佐島さまが」

「あの佐島晋平が?」

「はい」

文十郎は、九郎兵衛と同じことを考えているかのように、意味ありげに頷く。

「佐島さまは寧々と会う約束をしていて、この近くで待っていたところ、倒れている鉄車を見かけたそうです。それで、介抱してくれたのだとか」

「いま、佐島は?」

「帰りました。山田浅右衛門さまと約束をしているらしく、後のことは任せたと」

「いつも、あいつが近くにいるな」

九郎兵衛は独り言のつもりで言った。だが、それに対して、「そのことで」と文十郎が鋭い目をした。

「お主も不審に思うか」

「はい」

「佐島と、寧々の関係はいつから続いているのだ」

「半年程前」

「その頃、お主のところで何か変わったことはなかったか。権太夫と関わるようになったとか」

「いえ」

文十郎は即座に否定しながらも、考えるような目つきになった。

「何かあるな」

九郎兵衛は探った。

「鉄車とは何ら関係のないことだと思いますが」

文十郎は首を傾げる。

「いいから」

九郎兵衛は顎で促した。

「こちらに大目付の久世能登守さまがお寄りになりました。久世さまは寧々の実の父親のことをご存知のようで、ここに勤めているというのを聞き、話をしに来たそうにございます」

「久世か」

九郎兵衛は、鋭い目つきになった。

初めて南光庵で会った時の理知的な顔つきが思い起こされる。寧々の父親は二百石の旗本、久世とは身分が大分違う。

「お主は、寧々の父親と親しかったな」

「はい」

「久世と近い者だったのか」

「久世さまは大目付に就任される前は、道中奉行でした。その時の与力が寧々の父親で」

「名は何という」

「……………」

この流れであれば、文十郎は話してくれるかと思ったが、答えない。

九郎兵衛は構わず、

「佐島はそれから寧々と好い仲になったのだな？」

と、訊ねた。

「そうだと思います。呼んできて、確かめましょうか」

文十郎は腰を上げたが、「いや」と九郎兵衛は手をかざして制した。文十郎は硬い表情で、すぐに座り直した。

「松永さまは、寧々のことも疑っておりますか」

「隠していることがあるはずだ」

九郎兵衛は頷いた。

以前、佐島は会う約束はせず、ふらりと現れると言っていた。それなのに、佐島が今日に限って、会う約束をしていたというのが矛盾している。寧々が以前言っていたことが嘘でいつも約束をしているのか、仮に本当だとしたら、今日はなぜ約束をしていたのか。そこに、何かあるのではないか。

「怪しいことはある」

「あの子が、そのようなことは」

文十郎は声までも、いつになく硬かった。

「お主は」

九郎兵衛は声を潜めて、

「久世から何も指示を受けていないのか」

と、きいた。

「いいえ」

文十郎はゆっくりと首を横に振った。だが、予め九郎兵衛がそうきくことを予測していたような素振りであった。文十郎も、久世の手下なのか。一瞬、そんなことが頭を過ったが、もしそうだとしたら、半年前に久世が寧々を訪ねてきたことや、寧々の父親が久世の配下の与力だったことを話さないだろう。


翌朝、鉄車は上体を起こしていた。

包帯のせいで、うまく体は動かせないようであったが、ひとりで立ち上がり、四股を踏もうとした。

「無理するでない」

九郎兵衛は鉄車を座らせた。

「うるせえ」

「昨日、妙なことを言っていたな」

「お前を襲った者を、俺が知っているような言いぐさだった」

「妙なこと？」

「ああ」

鉄車は引きつった笑いで、

「よくよく考えてみれば、お主の名を騙った他人だったのかもな。痛みでしっかり考える余裕がなかった」

と、窓の外を見ながら言った。

青空だが、西から重たい雲が流れてきている。

道端の木が、揺れていた。

「まあ、あのまま夜風に当たってたら、死んでいたかもしれねえな」

鉄車は遠い目をした。

「昨夜、何があった」

九郎兵衛は窓の前でくるりと反転して座った。

鉄車は視線を、九郎兵衛に移す。

「俺が呼んだことになっていたらしいが」

さらに、付け加えた。

鉄車はひと呼吸置いてから答えた。

「一昨日、お主が出かけて半刻（約一時間）くらいしてから、寧々がやってきた。松永さまが遣《よこ》した方から文を預かったとか言ってな。そこには、俺のことを狙っている人物がわかったから、来て欲しいと書かれていた」

「おかしな内容だな。それなら、俺がさっさと始末しているはずだ」

「いや、その者を見せつけたいんじゃねえかと思ったんだ」

「そのような面倒なことはせぬ」

「お主との付き合いが浅いから、わからなかった。それで、文には『浅野屋』から北東に少し進むと空き地があって、そこに小さな狼煙台があるから、そこで待っていると書かれていた」

「狼煙台……」

九郎兵衛は思わず、呟いた。

「どうした」

鉄車がきいた。

「いや、それで？」

九郎兵衛は促す。

「そこへ行ったら、誰もいなかった。少し待っていたら、突然後ろから頭をこう」

鉄車は殴る仕草をした。

「だが、その傷は」

九郎兵衛は、鉄車の胸の辺りを指した。

「ここをやられてから、次にぐさり」

鉄車がまず頭を指し、それから自身の胸を示す。

「匕首《あいくち》で？」

九郎兵衛は確かめた。

「刀だった」

「では、侍だな」

「笠を被っていたから何とも」

「それにしても、何度襲われても重傷に至らぬとはな」

九郎兵衛は、この男の体をまじまじと見ながら、苦笑いする。

「相手が下手だったのか」

「いや、なかなかの筋だった。世辞じゃねえ」

「こんな時に、世辞を言う奴もいない」

鉄車は無邪気に笑う。

すると、痛むようで、胸を押さえた。

「ちくしょう。頭さえやられなければ」

と、小さく舌打ちをした。

「相手はひとりだな」

「そうだ」

「背丈や体格は？」

「そんなに大きくなくて、華奢ですばしっこそうな奴だった。現に、俺を刺した後に、そそくさと逃げていきやがったからな」

「他に、気づいたことは？」

「足が小さい。あとは大小ともに白鞘で、何か書かれていたな」

「鞘書《さやがき》か」

自身の蔵刀に、刀工名を書いたり、いつ誰から賜ったのかを記す者もいるという。

「それなりの刀なんだろうな」

九郎兵衛は呟いた。

「どうだか。ちゃんと研いでいないのか、切れ味は良くないな」

「お前は以前にも襲われたことがあるのか」

「ない」

鉄車は首を横に振った。

「しかし、この傷は?」

九郎兵衛は鉄車の着物をはだけさせ、左肩を指した。

昨日、そこに古傷があるのを見た。

しかも、刀傷である。

「昔の傷だ」

「だから、前にも斬られたことが……」

「違う、稽古中に」

「相撲の?」

「そうだ。いや剣術だったか」

曖昧に答える。

おかしい。傷の訳を覚えていないなど……。

九郎兵衛は咳払いをしてから、

「お前が通っている天然理心流の道場だが」

と、話題を変えた。

「ああ」

鉄車は目を何度か素早く瞬かせた。

「どうして、そこに通うことにしたんだ」

「まあ、元々俺の出身は甲州の方だ。そこで盛んだったのが、天然理心流だった」

「それで、江戸に出てきても？」

「そうだ」

どこか、ぶっきら棒な言い方であった。嫌な話題に触れた時のような態度だ。

九郎兵衛がさらに、

「天然理心流の」

と、口にした時、

「剣術のことは止してくれ」

鉄車は拒絶した。

さらに、「相撲のことも聞くな」と、言ってきた。

目が血走っている。

「どうして、そこまで」

「嫌なんだ」

「また剣術をしたり、相撲を取ったりしたいだろう」

「まあ、無理だ」

「無理？　どういう意味で」

「ともかく、そんなことはできねえし、俺には才能がない」

鉄車の野太い声が響く。

自暴自棄になっている。

襲われたことで、何か思うところがあるのだろうか。

「綾之助という男を知っているか」

九郎兵衛は、さらにきいた。

「さあ」

鉄車は首を傾げた。

「同じ道場だったと聞いているが」

九郎兵衛が言うと、

「だから、そういう話はもうしないでくれ」

鉄車は怪我をした大きな体を、ふいと反転させた。

そして、黙った。

九郎兵衛がいくら話しかけても、返ってこない。

「面倒な奴だ」

九郎兵衛はまた親しげに、色々と話しかけてみた。

すると、徐々に鉄車は返事をするようになった。だが、少しでも剣術や相撲の話題になると、また話さなくなった。

そして、

「もうじき俺は死ぬ」

と、投げやりに言うのであった。

二

翌日、九郎兵衛は綾之助のことをきいて回った。

すると、綾之助と同郷で同じ道場に通っていたという、本所《ほんじょ》界隈を縄張りとする玉助《たますけ》という岡っ引きが現れた。はじめは警戒して大したことを話してくれなかったが、少しいい店で上等な酒を呑ませると急に饒舌《じょうぜつ》になった。なかなかの喋り好きのようで、ききもしないことをペラペラと喋る。

綾之助とは、互いに仕事は違うが、住まいが近所で共通の知り合いがいて、何度か呑んだことがある。

「私は三田尻《みたじり》という瀬戸内海沿いで、綾之助さんは吉敷《よしき》という内陸部ですが、どちらも周防《すおう》の生まれです」

玉助は酒を次から次へと喉に流し込む。その度に九郎兵衛は注ぐ。「いえ、松永さまにこんなことをさせるわけにはいきません」と口では断るものの、どこか得意げに杯を受ける。

だが、その分、気を良くして、さらに話してくれた。

「で、周防にいて、その後江戸に出てきたんだな」

九郎兵衛は確かめた。

「ええ、そうです。松永さまも行かれたことがおありで？」

「ある」

まだ丸亀藩に仕えていた頃に、主君の命で、周防へ寄ったことがあった。今から十年ほど前、防長二州で起きた大きな百姓一揆の直後で、田畑が荒れ、領民は極貧にあえいでいた。その後、藩政改革が行われ、その視察に付き添ったのだ。

「綾之助の年齢はいくつだ」

「いま二十五です」

「では、天保二年の一揆の頃は十四歳か」

「さすが、松永さま。よく一揆のことをご存知で」

玉助は驚いたというように、声を上げた。

「うむ、かなり大きな規模であったからな」

「一揆に参加した者は十三万人ともいわれ、村役人と一緒に暴利を貪っていた商人たちが狙われ、各地の庄屋の屋敷が打ちこわされたんです」

「そもそもは、飢饉があった上に、藩が産物会所を設置して特産物の生産や販売、流通に至るまでを独占したことが原因だったか」

「ええ、仰る通り」

玉助はまたも驚いたように、深く頷いた。

声が大きくなったので、九郎兵衛は注意した。

すると、

「ああ、聞かれちゃいけませんね、こんなこと……」

玉助は急に気まずそうに辺りを見渡す。

幸い、聞き耳を立てていそうな者はいない。

「大変であったろうな」

九郎兵衛はぽつりと言った。

「そのようですね。ただ私も江戸に来てから、防州には帰っていないのでよくわかりません。綾之助さんも帰っていないはずですよ。そういえば、あの人の父親に関して、少し面白いことが」

玉助は酒をぐいと呑んだ。

九郎兵衛が注ごうとすると、玉助は猪口を手でふさぎ、

「面白いというのは失礼にあたるかもしれませんが、実はあの方のお父上というのが、その一揆の発端になった方で」

それから、語り出した。

文政十二年（一八二九年）、長州藩が定めた専売制により、その恩恵に与《あずか》っていた特権商人と、百姓との間には表面化していないものの、大きな溝が出来ていた。

そして、天保二年（一八三一年）七月二十六日、御用商人、石見屋嘉右衛門《いわみやかえもん》が、周防国吉敷郡小鯖《おさば》村の皮番所で農民に捕まり、殺された。

石見屋嘉右衛門が乗っていた駕籠は、犬皮が敷かれていたという。

稲穂が出る時期、動物の皮を持ち込むと水害が起きると、古くから言われている。それにも拘わらず、この飢饉に際して、日頃より恨みに思っていた商人がそのようなことをしでかしたので、百姓たちの怒りが頂点に達した。

「その百姓のひとりが、綾之助さんの父親でした」

玉助は言った。

「それで、父親はどうなった？」

「もちろん、村役人に捕まり、処刑されました。ひどいのが、父親だけでなく母親や兄も、加担していたとのことで拷問にかけられている最中に亡くなっています。ただひとり、逃げ延びたのが綾之助さんでした」

「そんな男だったのか」

九郎兵衛は改めて、綾之助のことを思ってみた。

会ったことはないが、やけに親近感を抱いた。妹がいること、救えなかったこと、そして、後悔の念を背負いながら生き続けていたこと。

何か通じるものがある。

「お主と、綾之助の共通の知り合いにも会いたいのだが」

「もう江戸にはおりません」

「なら、どこに」

「周防に帰ったようです」

「他に、綾之助を知っていそうな者は？」

「わかりません。探れなくもないとは思いますが」

玉助は小さく笑った。

何か言いたげな目をしている。親指と人差し指で丸を作り、見せつけてきた。

九郎兵衛は懐から、一両小判を取り出した。

玉助の目の前に置く。

「へへ」

玉助は声を漏らしながら手を伸ばすが、九郎兵衛は小判の上に手を置いた。

「明日になったら、覚えていないと言うのではなかろうな」

九郎兵衛が厳しい目つきできく。

「覚えていますよ」

「なら一筆認《したた》めてもらおう」

「へい、いくらでも」

玉助は懐紙を取り出した。

「これでもようございますか」

「ああ」

九郎兵衛は頷いた。筆を店から借り、約束を守る旨を書かせた。

寧々の父親のことが気になっていた。

与力だった時、道中奉行の久世とは上役と配下の関係だ。そもそも、役のない旗本が金に困って旗本株を売ったというならまだしも、寧々の父親は何のためにそのようなことをしたのか。

権太夫にそのことを確かめに行った。

暮れ六つ（午後六時）過ぎのことだった。

権太夫は番頭と裏庭で焚火をしながら、その傍の七輪で餅を焼いていた。九郎兵衛が来て、番頭が外そうとしたが、権太夫は「ここにいてもらおう」と言った。

九郎兵衛に向かっても、

「よろしいですね」

と、確かめてくる。

「うむ」

九郎兵衛は頷いた。

番頭を同席させるということに、何らかの意味があると九郎兵衛は睨んだ。

九郎兵衛は番頭の前で、久世がなぜ鉄車の命を狙うのかを訊ねた。

「松永さまが気にすることではございません。強いて言うならば、小早川勝元さまは上様のお気に入りであらせられます。しかし、勝元さまにおかれましては、何やら怪しい思想にかぶれておられます。それを払拭するために」

「怪しい思想？」

「ええ。これ以上は申せません。何卒、ご容赦くださいませ」

権太夫は頭を下げたかと思うと、すぐに餅の焼き具合を気にした。少し色が付いた頃合いを見計らって、ひっくり返す。それを皿に載せて、刷毛で醬油を塗った。

「松永さまも」

権太夫が勧める。

薄いが、しっかりとした歯ごたえの餅であった。

「して、俺を『浅野屋』へ行かせたのは？　寧々の父親と何か関係があるのではないか」

九郎兵衛は、久世と寧々の父親との関係を話した。

そして、それが鉄車を殺すことと関わりがあるのではないかとも口にした。番頭は顔色ひとつ変えず、横で小さく相槌を打ち続けている。「どう思う」と、九郎兵衛が投げかけても、「この件に関して、私が関与することは少のうございますので」と、いなされた。しかし、全く関与していないと言わないあたりが、どうも気になった。

「で、どうなのだ」

九郎兵衛は駄目押しで、権太夫に訊ねた。

「鉄車を殺すことと、そのふたりについては何も関係ございませんよ」

「ならば、偶々《たまたま》だというのか」

「そうでしょう」

「全ては繋がっていて、俺をそこに放り込んだのではないか」

九郎兵衛は追及した。

「まさか。そうだとしたら、私が先にご説明したようなものを」

「いや」

「私を疑っておられるのですかな」

　権太夫は、奇妙な目で笑った。

「では、寧々の父親は何という者だったのだ」

「私はその寧々という女中を知りませんので」

「南光庵で会った双子とそっくりな顔をしておる」

　九郎兵衛がそう言ったとき、権太夫の瞼がぴくりとした。口元に力を入れるように、「似ている？　どのくらい、似ているので？」と、権太夫にしては珍しく同じ言葉を繰り返した。

「姉妹かと思うほど似ている」

「姉妹……」

「心当たりがあるのか」

「…………」

　権太夫は自分の考えに浸っているようで、九郎兵衛のことを無視する。

「旦那さま」

　番頭は権太夫の耳元で何か言った。警戒してなのか、九郎兵衛の耳でさえも聞き取れないほどの小さな声であった。耳打ちされた権太夫は一度頷き、「久世さまに」

と番頭に合図した。番頭はすぐに、その場を離れていった。

「どうした」

九郎兵衛がきく。

「いえ、まだなんとも言えないのですが」

「寧々やその父親のことで、何かあるんだな」

九郎兵衛は決め付けた。

それでも、権太夫は答えない。

やがて、番頭が帰ってきた。

「駕籠の準備ができました」

番頭が言う。

「そうか」

権太夫は頷き、九郎兵衛を見た。

「また追ってご連絡いたします。とりあえず、鉄車の件、引き続き護衛を頼みます。

久世さまのことは……」

権太夫は言いかけてやめた。

『浅野屋』へ帰ったのが、五つ（午後八時）過ぎ。

「随分、遅うございましたね」

「うむ、権太夫のところに寄っていた」

「何かありましたかな」

文十郎がきいてきた。寧々のことで、何か告げ口をしたのではと、探っているようにも見られた。九郎兵衛は文十郎に対する見方が少しずつ変わっていた。少なくとも、文十郎は寧々を庇っている。そして、寧々は佐島のことを……。

「引き続き、鉄車のことを頼むとだけだ」

「頼むというのは、どうしろと？」

「様子を見ておけということだろう」

「しかし、久世さまは殺せとのお考えではないのですか。沼田さまと久世さま、どちらに付けばいいか、明らかではありませんか」

いつになく、文十郎ははっきりとした口調で言った。

「明らか？」

九郎兵衛はきき返す。

「思いますに、沼田さまはただ一藩の江戸家老、それに対して久世さまは、いまは大目付であありますが、今後、さらに偉くなられるお方。松永さまがある旗本に仕官できるというのも、その後の出世も約束されているのも、全ては久世さまの命に従えばこそです」

文十郎の声はそれほど大きくはないが、重たく、深かった。

「今日はやけに久世さまのことを……」

「前々から思っておりましたが、こうダラダラもしていらっしゃれないかと」

「だが、権太夫は待てと言っておる」

「はたして、それが鯰屋さんの本心でしょうか」

「なに？」

「立場上、そう言う他ないのでは？」

文十郎は膝を進め、

「考えてもみてください。沼田さまはなぜか、松永さまが久世さまからそのような命を受けていることを知っています。ということは、沼田さまは間者でも遣わしているのでしょう」

と、恐ろしいものを見る目つきで言った。

「『鯰屋』の中に、ということか」

「そこは私にはわかりかねますが……。しかし、そうでなければ、松永さまと鯰屋さんのことを知るはずがございません」

「言われてみれば、そうか」

九郎兵衛はやけに納得した。

深く考える暇もなく、文十郎はさらに続けた。

「鯰屋さんの立場になって考えますと、松永さまに久世さまを引き合わせたのは、やはり久世さまの命に従ってもらいたいからでしょう。あの方が日和見《ひよりみ》で、行動をするでしょうか。おそらく、はじめから決まっているはずです。松永さまはその意図を汲み取って行動してくださると、踏んでいるのかと思います」

「そういうことか」

九郎兵衛は組んでいた腕を解いて、

「では、お主が俺の立場であればどうすると」

と、きいた。

「いま、ここで殺すべきでしょう」

文十郎は口元を引き締める。

「ここで殺すことは、禁じられている」

「誰に、ですか」

「権太夫だ」

「それは、先ほども言いましたように、松永さまに真意を汲み取ってもらいたいがために」

「やけに、鉄車を殺したいようだな」

「いえ」

「俺がいない間に、あいつと何かあったのか」

「何もございません」

文十郎が首を横に振る。

九郎兵衛は顔を覗き込みながら、

「様子はどうだった」

と、きいた。

「ずっと眠っておられました。昼過ぎに一度起きてきたのですが、またすぐに寝たようで。随分と寝言を言っていました。何度も父上と」

「父上？」

てっきり、百姓の倅だろうと思っていただけに、そのような言い方をするのは意外であった。

「ただの寝言ですが」

文十郎は、付け加える。

九郎兵衛は聞き流して、二階へ上がった。

いびきが聞こえる。

九郎兵衛がそっと覗くと、夜具をはねのけて、大の字で寝ている鉄車の姿が見えた。

言われなければ、怪我をしているとはまったくわからない。

急にいびきが止まった。目がぱっと開いた。首をぐんと九郎兵衛の方に向けて、唸るような声を上げながら、起き上がった。

「もう夜か」

鉄車は寝ぼけまなこで言う。

「ずっと寝ていたそうだ」

「そうか」

鉄車は立ち上がり、体を大きく動かした。痛みを見せない様子で、肩を回し、四股を踏む。

「まだ痛むな」

鉄車は顔を歪めた。

「しばらくは動かない方がいい」

「医者もそう言うが」

「不満か」

「まあ、命には代えられねえってことだろう。わかっちゃいるが、自由がなくなるのは嫌なこった」

鉄車は苦笑いする。

「もう少しの辛抱だ」

九郎兵衛は慰めた。

「頼みがある」

鉄車が低い声で呼びかける。

「なんだ」

「会いたい力士たちがいる。そいつらに文を渡してもらいたい」

「構わないが、ここに呼ぶなどということはしないだろうな」

「まさか」

鉄車は鼻で嗤う。

さっそく、文机に向かい、筆を取った。

さらさらと達筆で、文を何通か書いた。宛先は三つ。

「店の者にでも、届けさせよう」

「だから、お主が行ってくれ」

「俺が?」

「お主がいい」

「だが、そうしたら、お前を警護することができなくなる」

「今までも、お主がここにいたか？」

「いや」

「なら、今までと同じことだろう」

鉄車の目はいつになく真剣だった。

九郎兵衛は文に目を落とし、

「これには何が書いてある」

と、きいた。

「俺が無事だということだ。大磯から部屋の一行とはぐれ、そろそろ戻って来てもいい頃なのにまだ戻らないので心配しているだろう」

「だが、なぜ俺じゃないといけないのだ」

「さっきも言ったように、お主以外、信用できない」

「俺をなぜ信用している」

「沼田さまがお主を信用している」

「沼田さまが？」

九郎兵衛は首を傾げた。

以前会った時には、九郎兵衛を疑う様子も見られた。そんな沼田が、九郎兵衛を心底信頼しているとは思えない。

それを言おうとしたが、

「沼田さまは、顔に出さねえお方だ。俺は長い付き合いだからわかる。あの時の顔は、お主の剣術の腕前に信を置いていた。花倉先生も太鼓判を押しているのだから間違いない。そして、お主は裏切るような奴ではなさそうだ」

と、鉄車は九郎兵衛の腹の内を読むかのように先回りして答えた。

断る理由も見当たらなかった。

「ならば」

九郎兵衛が文を受け取ると、鉄車は笑顔で、「疲れたから寝る」と、気遣いすることなく、床にどてんと横になった。

三

翌日、雲間から漏れる弱々しい陽差しの中、『鯰屋』へ行った。品川から真っすぐ向かったわけではなく、高輪や三田の方へ用もないのに行き、誰かに尾けられていないか確かめながら、着実に歩を進めた。今日はやけに尾行されている気がしてならなかった。

　五つ（午前八時）を回っていた。木枯らしが強く吹き始めた。『鯰屋』の前に、出入りの商人が列をなしていたが、皆寒そうに手をこすったり、体を縮めている。

　九郎兵衛はその商人たちを横目に、裏手に回った。

　勝手口から入ると、女中が新しく増築したという中庭に面した部屋に通してくれた。権太夫らしく、派手ではないが貴重な掛け軸や花瓶などが飾られている。不思議と、この部屋にいると、外の音は全く聞こえてこなかった。

　四半刻（約三十分）もしないうちに、突然、襖が開いた。

　九郎兵衛は脇に置いていた愛刀・三日月を手にした。

　現れたのが、権太夫だとわかると、刀を置いた。

「どうされましたかな」

　権太夫が、にんまりとしながら九郎兵衛の正面に腰を下ろす。

「廊下に足音もしなかったから、忍びかと思ったのだ」

九郎兵衛は言った。

「ほう、ならばよかった」

権太夫が満足そうに頷く。

「よかったとは？」

「そのように造ったのでございます。壁も二重になっておりますし、床にも音がしない工夫をしました」

「なぜそのようなことを」

「実は、いつまでも鉄車関を『浅野屋』に置いておくのは安全でないと思いましてね」

「安全でないとは？　殺されると？」

「はい」

「俺がいない時には、文十郎もいるし、花倉殿も近くにいる」

「そうではございますが、また連れ出されないとも限りません」

権太夫は懐から袱紗に包んだ小判を取り出した。

ざっと二十両。

「入用でしょうから、取っておいてください」

「また新たな頼みでも？」

九郎兵衛は訝しんで、小判を見た。

「いえ、そのようなことは」

権太夫は何を考えているのかわからない笑みを作って言った。

「それより、お前さんは久世と沼田、どちらの味方なのだ」

九郎兵衛はそう尋ねてから、

「そもそも、沼田とはどのような関係なのだ」

と、きき直した。

沼田が、久世と権太夫と九郎兵衛、三人の関係を知っていそうなこともさることながら、権太夫が沼田の指示になびいていることへの違和感が強まっていた。

「松永さまは久世さまの仰る通り、さっさと鉄車を殺して、終わらせたいのでしょうね」

権太夫はさっきの笑みのまま、どこか嫌味っぽく言う。

「面倒なことはご免被りたいが、訳もなく人を殺すことはしたくない」

「その様子では、鉄車に情が移りましたかな」

「なにを、あんな奴」

鉄車の太々しい顔が目に浮かぶ。

「ただ、久世と沼田、どちらもどうして俺に頼んできたのかが気になる」

九郎兵衛は、権太夫を睨みつけた。

「私の仕業とでも？」

「他に誰がいよう」

「久世さまに関しては私が。ただ沼田さまは花倉さまがご紹介なさったのでしょう？　それに、花倉さまのところへ行けと言ったのは、浅野屋文十郎」

心なしか、権太夫の目が吊り上がった。

「文十郎に俺を花倉殿のところへ行くように仕向けたのは、お前さんではないか」

九郎兵衛は引き下がらなかった。

「今日はまた一段と疑い深いですな」

権太夫が探るような目を向ける。

「真意がわからぬものでな」

「真意？」

「お前さんは、俺にどうして欲しいのか、はっきり言ってくれねば。殺していいのか、それとも殺すべきでないのか」

「私の言葉通りに受け取ってくだされば」

「では、殺さなくていいのだな」

「もちろん」

権太夫は頷いてから尋ねる。

「何があったのです。文十郎が余計なことを？」

「まあ……。いや、なんでもない」

九郎兵衛は途中で止めた。

「それより、ここに鉄車を匿うつもりなのか」

「はい、襲われたこともございますし、ここならば安心です」

考えてみれば、大磯と品川、鉄車は二回も襲われている。未だに生きながらえているのは、鉄車の並々ならぬ生命力のおかげか、それとも運が良かったのか。

「二度あることは、三度あると言いますから」

権太夫は付け加えた。

「すぐにでも、ここに連れてこいと？」

「そうですな。鉄車関に怪しまれなければですが」

「あいつは、俺のことはある程度信頼しているだろう」

その訳として、九郎兵衛は知り合いの力士たちに文を届けるように言われたことを告げた。権太夫は文の中身を読んだ。九郎兵衛も既に確かめているが、ただ無事を報せるだけの文言であった。

権太夫の目は妙に険しい。

「どうしたのだ」

九郎兵衛は気になってきいた。

「鉄車から、これを知り合いの力士たちに渡せと？」

「そうだ。この中に、怪しいところでも？」

「鉄車関が何を伝えたいのかと思いましてな」

「無事だということを仲間に」

「ただ、それだけですかな」

権太夫は首を傾げる。

「そうではないのか。何か別のことを報せる暗号があるのか」

「わかりません。少し預からせていただいてもよろしいですか」

「だが、これを届けないでどうする」

「後で、うちの者に届けさせましょう」

「いや、鉄車は俺に届けてくれと。他の者ではよくないのだろう」

「松永さまに……」

権太夫は少し考えてから、

「ならば、仕方ありません。少々お待ちを」

と、部屋の外に出た。そして、呼び鈴を鳴らす。少しして、番頭がやってきた。

「これを写しておいてくれ」

権太夫は指示して、戻ってくる。

「この部屋の中だと、音がこもってしまうものでして。外の音は聞こえず、中の音は外に響くようにできたらいいのですが」

権太夫は冗談ではなく、本気でそう思っているように言った。

それから、

「松永さまは、鉄車関の言う通りにしてください」

と、柔らかい口調で命じた。

「相分かった。それと、鉄車をここに連れてくる件だが、早い方がよいかもしれぬ」

「ほう」

「文十郎は鉄車を殺したがっているようでな」

九郎兵衛は口にした。

さっきから権太夫と話していて、権太夫にはその意思がないと感じた。文十郎が権太夫の意を汲むようにとそそのかしてきた時から違和感を覚えていたが、ようやく、ふたりの間に考え方の違いがあることがわかった。

権太夫は、にんまりとしたまま黙っている。

「どうして、鉄車を『浅野屋』で匿うことにした」

九郎兵衛は改まってきいた。

「都合がよろしゅうございました。品川にありますし、他の店々とは少し離れています。花倉さまの道場も近くにありますし、何かあった時には、あそこに飛び込んで助太刀を願えます」

　権太夫は淡々と答える。

　九郎兵衛は小さく頷きながら、

「花倉殿も、この計画にはじめから乗っているということか」

　と、きいた。

「さあ、文十郎にきいてみなければ」

「なら、文十郎は何者だ」

「ただの宿屋の主人です」

「そんなはずはなかろう」

　九郎兵衛は突き刺すように、権太夫を見た。権太夫は笑みを作り、「他に何だと仰るのです」と首を傾げた。

「間者か何か」

　九郎兵衛が言うと、権太夫は首を横に振った。

「ただ、金で協力してもらっているだけにございます」

「だとしたら、あいつは思惑があって協力している。鉄車を殺したいがために」

九郎兵衛は決めつけた。

「ほう、鋭いですな」

権太夫の眉が上がった。

だが、何に感心しているのかは言わなかった。

やがて、番頭が先ほどの文を手にして戻ってきた。書写したので戻す、と九郎兵衛に丁寧に返された。九郎兵衛は『鯰屋』を後にした。もやもやとした気は晴れなかった。

さらに寒さが増していた。


文を届ける相手は、三人だった。

ひとつは同じ相撲部屋の鬼車梶右衛門《おにぐるまかじえもん》という前頭、あとは違う部屋の升桜辰五郎《ますざくらたつごろう》という小結と、朝日山軍右衛門《あさひやまぐんえもん》という大関であった。まず鬼車を訪ねると、稽古中であったにも拘わらず、中断して会ってくれた。

鬼車は鉄車の三つ下だというが、力士に似合わず、商人のような口調で、腰が低かった。九郎兵衛が思わずきいてみると、親が飛騨《ひだ》で料理茶屋を営んでいたからだと言った。

鬼車は、鉄車の様子をきいてきた。

品川で襲われたことは黙っていたが、

「寝込んでいるわけではないのですね？」

と、きかれた。

「そのようなことはない」

九郎兵衛は答えた。

すると、鬼車はほっとした顔をした。

他のふたりの力士にも、先日襲われたことは口にしなかった。それなのに、いま怪我が悪化していないかなどときかれた。

九郎兵衛は疑問に感じる素振りも見せずに答えた。

三人に文を渡して、『浅野屋』に戻ると、すでに日は暮れていた。

鉄車はずっと、部屋にこもっていたそうだ。

「不思議なことだ」

九郎兵衛は、あの文の中に暗号めいたものが隠されているのではないか、と直接尋ねた。

「別に、何もねえ。お主だって読んだんじゃねえのか」

「まさか」

「沼田さまから、逐一報告するように言われていたんだろう」

「いや」

九郎兵衛は首を傾げたが、鉄車は半ば疑うような態度を崩さなかった。

「この際だから」

鉄車は立ち上がり、襖をぴたりと閉めた。

「沼田さまには、なんと命じられている」

「お前を守るように」

「それだけか」

「ああ」

「本当に？」

鉄車は、九郎兵衛の目の奥を覗き込んだ。黒々と光る鉄車の目には、今までに感じたことのないほど、警戒心がこもっていた。

「俺は大磯で襲われ、品川でも襲われた。お主には言っていなかったが、大磯で襲ってきた奴は三人。そのうち、ふたりは殺した。品川で襲ってきた奴は逃がしちまったが、以前、小早川家で見かけた男のような気がした。それで……」

鉄車が話している言葉を遮って、

「誰だ、そいつは」

と、九郎兵衛はきく。

鉄車は九郎兵衛の問いには答えず、「それで、お主は沼田さまから頼まれて警護をしている。もし俺を殺すように命じられているならば、すでに殺しているはずだ」と、ずしりと重たい声で言う。

それから、「小早川家で見かけた男の名前はわからねえ。ただ、武士ではない。出入りの誰かだ」と、さっきの問いに答えた。

「本当に俺を殺すように言われてねえのか」

鉄車は、さらにきいた。

「どうしてお前を？　小早川さまのお気に入りではないか。俺は沼田さまからお前を守るように言われている。お前がさっき自分で言っていたように」

九郎兵衛は表情を変えずに返した。

「そうなんだが、いくら考えてもお主の役割がわからねえと思ったまでよ。お主がいるから、ここで襲われていないのかもしれないが」

その時、階下からドドドと音がした。

途端に、廊下にも足音が響いた。

ダッと襖が開く。寧々であった。

「松永さま」

激しい息切れを伴いながら、血をぽたぽたと落としている。寧々の額からだった。

物騒な音が聞こえてくる。

九郎兵衛は寧々を部屋に引き入れた。

苦しそうに顔を歪ませる寧々に、何も話すなと言いつけ、九郎兵衛は刀を抜いた。

慎重に廊下を進んだ。階下から音が消えた。

九郎兵衛は一段、一段、ゆっくりと階段を下りた。

最後の一段に、右足を踏み出した時、左手から殺気を感じた。九郎兵衛は刀を横に払いながら、飛び降りた。

剣先に何かが当たる。

ドスンと壁に男がもたれ掛かった。浪人であった。

(生かしておく)

九郎兵衛は止めは刺さない。ひとりではないはずだ。血振りして、左右を見渡した。どこかに人の気配がした。

二階を見上げる。

上がった先に、鉄車がどしりと構えている。

「どういう状況だ」

「ひとりやった」

「他にもいるのか」

「わからぬが」

九郎兵衛がそう答えた時、目の端を人影が走った。

咄嗟に横に飛び、向かってくる影に刃を向けた。

動きが止まった。

また、浪人のようだ。

「御免」

浪人は刀を脇に小さく構え、突っ込んできた。

「えい」

九郎兵衛は刃を二段落とし、それから素早く掬い上げた。

剣先に重みが加わる。

相手の刀が九郎兵衛の刀を防いでいる。

ドドドと、階段を下りてくる音がした。

「来るな！」

九郎兵衛は叫び、正面の浪人を蹴った。

階段の途中で止まる鉄車が目の端に映る。鉄車は短刀を抜いていた。

「戻ってろ」

九郎兵衛は言い放ち、浪人の肩を斬った。

刀を振って血を落とす。

九郎兵衛は廊下を進んだ。土間に番頭が倒れていた。

跪《ひざまず》いて脈を見たが、すでに死んでいる。

他にいないか宿の中を見て回った。

文十郎の姿はない。

階下にはさっき斬ったふたりの浪人が転がっている。九郎兵衛はふたりを物置に押し込めて、二階へ上がった。

寧々はまだ腰を抜かしていた。

「見事な腕前だな」

鉄車は目をぎょろっとさせて言う。

「あれくらい」

なんてことはないとばかりに、九郎兵衛は首を軽く横に振った。

「文十郎は？」

九郎兵衛は寧々にきいた。

「宿場町の旦那衆の寄合に出かけておられます」

寧々が答える。

「帰ってくるまでに、少しは綺麗にしておこう」

九郎兵衛はふたりに言いつけた。

鉄車は考え深げな眼差しで、何を考えているのかはわからなかったが、この時ばかりは反論することもなく、素直に言うことに従った。

四

それから四半刻（約三十分）ほどして文十郎が戻ってきた。

文十郎は仏間の前に横たわる番頭の亡骸《なきがら》を見て、「なんで、こんなことに……」と声を震わせていた。

「すまぬな」

九郎兵衛は謝った。

すると、鉄車もつられるように頭を下げた。

「いえ……」

文十郎がやけに厳しい目つきで鉄車を睨んでいる気がした。

「お主がいない時を見計らって狙ったのか、それとも、偶々なのか」

九郎兵衛は言った。

「見当がつきません」

文十郎は番頭の亡骸を見ながら、ぽつりと呟いた。

それから、少しの間、ひとりにさせてくれと言ってきた。

九郎兵衛は鉄車と二階に引き上げた。

二階へ行くと、

「俺はここを出る」

鉄車が意を決したように言った。

「なに？」

「これ以上迷惑をかけられぬ」

「だが、どこへ行くのだ」

「どこかいいところはないか」

すぐさま、『鯰屋』と言いたいところであったが、鉄車が『鯰屋』のことを知っているのかどうかわからない。ここで警戒されても困る。あえて考える振りをして、

「御所車部屋に行けば」

と、まずは言った。

「いや、あそこへは行けぬ」

「どうして」

「親方と揉めている」

「どんなことで」

九郎兵衛は矢継ぎ早にきいた。

「お主に言う必要があるか」

鉄車は嫌そうな顔をした。

「場合によっては、御所車部屋の意向を受けて、お前を殺しに動いている者がいるのやも」

九郎兵衛は咄嗟に思いついたことを口にした。

ただ、自分で言いながら、どうして今まで所属部屋のことを考えなかったのかとも思った。師匠の御所車親方はどういう立場なのか。

「それはないだろう。あの親方にそんな度胸はない」

鉄車は少し考えてから、小馬鹿にするように言った。

「お前も力士ならば、色々な付き合いがあるだろう。商家の旦那で、信頼の置けそうなところはないのか」

「俺は相撲しか取ってこなかった。付き合いも悪い。たまたま、小早川さまに認められただけで、他に俺を可愛がってくれる者はいねえ。むしろ、お主の方が知っていそうだが」

「知らないこともない」

「誰だ」

「鯰屋権太夫」

九郎兵衛は静かに答えた。

「鯰屋……」

鉄車は繰り返す。

「ああ。知っているのか」

九郎兵衛は鉄車の顔をじっと見ながらきき返す。

「いや、どこかで聞いた名前だと思うが」

「どこかで？」

「もしかしたら、沼田さまが仰っていた人かもしれねえ。ただ忘れちまったな」

鉄車は首を傾げた。

「そこへ行くか」

「考えさせてくれ」

「疑うことでも？」

「鯰屋権太夫が誰なのか、思い出してみたいと思ってな。それくらい、構わねえだろう」

鉄車が、ぎろっとした目で見つめる。

「むろんだ。お前の決断に、こちらがとやかく言うことはない。俺が傍にいれば、お前を守れる。それだけだ」

九郎兵衛は言い切った。

「さっきの活躍を見れば、相当な遣い手だとわかる。花倉殿が一目置くのも納得できる」

鉄車は小さく頷いた。

九郎兵衛は立ち上がり、部屋を出ようとしたが、

「最後にひとつ」

思い出したように、顔を振り向けた。

「沼田さまのこと、ひいては安芸鏡山藩のことをどう見ているんだ」

九郎兵衛はきいた。

「安芸鏡山藩は一枚岩ではない。沼田さまはその中でも特異な方だ。敵か味方かわからぬが」

鉄車は意味ありげな目で、考えるようにして答えた。

「そうか」

九郎兵衛は部屋を出て、一階へ下りた。

さっき押し入った浪人ふたりを閉じ込めた物置へ行った。

真っ暗な部屋で、大きな桐箱が所狭しと置かれているが、かびの臭いはまったくしない。

灯りを点けて、浪人ふたりと対峙した。

ふたりとも九郎兵衛の顔を見ない。

まずは落ち着いて、なぜ押し入ったのか尋ねてみた。

ふたりとも、口は堅い。

いくらか痛めつけたが、白状しなかった。

「ただの浪人ではなさそうだな」

九郎兵衛は、浪人に扮したどこかの家来だと見当をつけた。

万が一捕まった時に備えて、鍛えられている様子だ。かつて、丸亀藩にいた頃、佐島邦之助を拷問した折にも長く時を要したように、彼らは並大抵のことでは口を割らない。

あの時は、重石を膝の上に置き、何日も寝させないようにして、その後水責めをした。

九郎兵衛はそのことを思い出すと、思わず目を瞑りたくなる。

拷問は好きになれない。

かつて佐島邦之助にしたことを振り払うかのように、

「答えろ」

と、愛刀三日月を抜いて、浪人のひとりに向けた。その首に、剣先をぴたりと当てる。

「正直に答えろ」

「さっさと殺せ」

浪人は九郎兵衛の目を見ながら声を張った。

九郎兵衛は刀を振り上げる。

「えい」

振り下ろした。

剣先が、浪人の頬を掠める。

わざと外した。

微かな血が、九郎兵衛の袴の裾に飛んだ。

「何をしておる」

浪人は、目をかっと開け、九郎兵衛を睨みつけた。

「口を割るまでは生かしておく」

元から脅しのつもりだった九郎兵衛は、袴で剣先の血を拭い、鞘に収めた。

それから、文十郎に重石があるかきいた。

「漬物に使うものくらいしか」

「それじゃ役に立たぬ」

「何に使われるので」

「あの者らの口を割らせる」

「それならば……」

　文十郎は近所の石屋から重たい石を持ってきてもらうと言った。すぐ近くにあるという。文十郎は出ていって、それから四半刻（約三十分）もしないうちに、石屋の若い奉公人らと共に、重そうな石をいくつか運んできた。

「何に使われるんです」

　奉公人はきいてきたが、文十郎がうまく誤魔化していた。

　それから、物置へ重石を運んだ。

　それを見た浪人のひとりは、ぎょっとしていた。さっき、九郎兵衛に威勢のよいことを言った方は、まだ肝が据わっている。

　九郎兵衛はぎょっとした方を正座させて、その上に重石を載せた。

　それから、尋問をする。

　答えなければ、さらに石を重ねる。

　だが、思ったようには話さなかった。

「俺がやるからお主はもう」

傍でずっと見ていた文十郎に言ったが、文十郎はこの場にいさせてくれと言ってきた。番頭を殺した奴らが許せないと言う。

並々ならぬ怒りが、文十郎に満ちていた。

「なら、しばらくお前に任せる」

九郎兵衛は言った。

「私をひとりにしていただけませんか」

文十郎が言った。

「わかった」

九郎兵衛は出ていった。

それから、半刻（約一時間）ほどして、文十郎が物置から出てきた。

「どうだ？」

廊下の端で待っていた九郎兵衛はすぐさまきいた。

「ダメです。口を割りません」

「同じことを続けていれば、そのうちに」

九郎兵衛は物置の中を見渡して、ふたりの膝の上に重石が載っているのを確認すると施錠した。

その日の夜中、九郎兵衛は床についたが眠れなかった。

窓の外を覗くと、寒そうな風に枯れすすきがなびいている中、狼煙台から白い光がちかちかと、こちらに向かって合図するかのように放たれた。

光は二階の部屋の中に射し込んだ。

向かいの部屋で、がさごそと音がした。

鉄車が起きたのだろうか。

九郎兵衛は自室を出て、向かいの部屋へ行った。

案の定、鉄車は起きていた。灯りに関しては気づかなかったと言ったが、また襲われるのではないかと不安で眠れないそうだ。九郎兵衛は台所へ行って、勝手に酒を持ってきた。だが、鉄車は進んで呑もうとしない。

「お前らしくもないな」

九郎兵衛は、自分も呑むからお前も呑めと、半ば強引に呑ませた。

鉄車は心ここにあらずといったふうで、酒をぐびっと呑んだ。

「あまり気が進まねえ」

そう言いながらも、さすが力士だけあって、豪快に酒を口にする。

「急に、弱気になってどうした」

九郎兵衛は言った。

「なんでもねえ」

「『鯰屋』には？」

「もう少し考えさせてくれ」

鉄車はもう一杯だけ呑むと、眠くなってきたと、夜具に身を沈めた。九郎兵衛は自室に戻った。

九郎兵衛も疲れからか、うとうとし始めた。


翌朝、九郎兵衛は起きて早々に物置へ行った。

重石を除《の》けてやると、ふたりは崩れ落ちた。足がひどくうっ血している。声すら、まともに出せない状況であった。

そんな中、

「誰に命じられたんだ」

と、九郎兵衛は迫った。

昨日威勢の良かった浪人は答えない。目をぎゅっと瞑り、最期を覚悟しているようであった。

一方、もうひとりは池の鯉が餌を欲しているかのように、九郎兵衛に向かって口をぱくぱくさせていた。か細い声は、言葉になっていない。

九郎兵衛はその浪人を立ち上がらせ、体を支えてやりながら、ゆっくりと他の部屋に連れていった。

そこに、文十郎と寧々がやってきた。

文十郎は浪人を一瞥《いちべつ》してから、

「どうです。吐きそうですか」

と、険しい面持ちできく。

「今から、こいつが何か言いそうだ。すまぬが、粥《かゆ》でも作ってやってくれ」

九郎兵衛は寧々に頼んだ。

「はい」

寧々はその場を離れていった。

文十郎は浪人を恨めしそうに見ながら、「必ず白状させてください」と、九郎兵衛に言った。

やがて、粥が運ばれてきた。

寧々は九郎兵衛に言われるまでもなく、浪人に粥を食べさせた。

浪人は時間をかけて、ゆっくりと食べた。食べ終わったら呼んでくれと、九郎兵衛は二階へ行った。

それからすぐに、寧々が呼びに来た。

もう食べ終わったのかと思いきや、

「お客さまです」

と、言う。

「誰だ」

「本所の玉助親分です」

「ああ、あいつか」

「裏におられますが、お通ししましょうか」

「いや」

九郎兵衛は裏口から外に出た。

庭の端で、玉助がそわそわしながら立っていた。九郎兵衛の顔を見るなり、「松永さま、色々とわかりましたぜ」と声を弾ませて言う。

九郎兵衛は玉助を連れて、近くの空き地まで行った。

そこへ行くと、すぐに話しはじめた。

「綾之助が殺されたという噂があります。調べてみると、去年の暮れに品川宿で刺し傷のある水死体が揚がりましてね。身許を確かめたところ、綾之助に似ていたらしいんです。ただ、水死体が裸で、また死んでから幾日か経っていて、少し魚に喰われている部分もあって、はっきりとはわからなかったんです」

「探索はしなかったのか」

「少しはしたそうです。六尺五寸（約一九七センチメートル）ほどの男が下手人ではないかと言う人もいたそうですが、結局はわからずじまいで……」

「六尺五寸といえば、そう多くない」

「ええ、力士しか思い浮かびませんが」

「力士の中でも大きい方だ」

「ええ、私が見た中で一番大きいのは鉄車関でしてね。同じ道場なんでね。あの人もそのくらいの背丈です。綾之助と鉄車関、どちらも私と同じ道場ですので、調べているとなんだか妙な気がしますね」

「もう少し詳しく探ってもらえるか」

「ええ。ただし……」

「欲深い奴だ」

九郎兵衛はため息をつきながら、金を渡した。

「確かに」

玉助は大事そうに懐にしまうと、そそくさと去って行った。

九郎兵衛が『浅野屋』に戻ると、すでに浪人は粥を食べ終わっており、九郎兵衛は物置から出して、別室で話をきいた。反抗的なもうひとりがいると、この男も話し難いと判断した。

その浪人は、

「正直に話すから、約束してもらいたい」

と、言ってきた。

「囚われの身で図々しいな」

九郎兵衛は言い返す。

「そうでもしなければ、俺は命を狙われる。易々と話す訳にはいかない」

浪人はむっとした。

「なんだ」

九郎兵衛は顎を突き出して、言ってみろとばかりに促した。

「俺をどこでもいいから、ここではない、できれば安全な場所に匿ってくれ。あとは鉄車を殺してくれ」

浪人は言った。

「それはできぬ」

九郎兵衛は断った。

「なら、話すことは……」

浪人は首を横に振る。

「そうか」

九郎兵衛は浪人を再び物置に押し込んだ。

今度は両手、両足を縛り、逆さ吊りにしておいた。

「話す気になったら、声を上げてくれ。俺の耳はいい」

九郎兵衛は施錠して、二階に戻った。

鉄車は大人しくしている。酒すら吞んでいなかった。

「昨日から様子がおかしい」

九郎兵衛が言うが、

「これが落ち着いていられるか」

と、頭を搔きながら、九郎兵衛を睨む。

少し前まで、九郎兵衛のことを信頼しているように見えた時とは、まるで違う態度だ。襲われたことへの警戒心もあるかもしれないが、九郎兵衛に心を閉ざしているようだ。

「で、襲ってきた奴らは口を割ったのか」

「いや、変な条件を付けてきやがった」

「条件？」

「話す代わりに、お前を殺せと」

「あいつが、か」

鉄車がどこか驚いたように身を乗り出す。

「あいつのことを知っているのか」

「いや、知らぬが、俺を殺せというのは妙だと」

「なにを惚けたことを。あいつらは、お前を殺しに押し入ったのだろう?」

九郎兵衛は言った。

「そうだったな」

鉄車がぎこちない口調で答える。

「違うことも考えられるのか」

九郎兵衛はきいた。自ずと、目つきが厳しくなる。

「それ以外に考えられぬ。まだ動揺しているだけだ」

鉄車はそっぽを向いて答えた。

次の日の朝、九郎兵衛は鉄車から頼み事をされた。花倉と共に沼田のところへ行き、今後のことを話し合いたいと言ってくれとのことだった。

「どうして花倉殿と一緒なのだ」

「その方がいい。沼田さまは、花倉殿の言うことなら聞く」

「俺の言うことは聞いてくれないと？」

「無駄足になるのを避けたいだけだ」

鉄車は真剣な目で、九郎兵衛を見つめている。

「だが、お前をひとりにはしておけぬ。また誰かが襲ってくるかもしれぬ」

「だから、早く沼田さまと話したいんだ」

「それなら、文十郎や寧々に頼んで、沼田さまに来てもらおう」

「あの方は、気位が高い。そう易々と来るとは思えぬ」

鉄車は首を傾げて、

「ともかく、急いでくれ」

と、声を荒らげた。

「俺には、あの浪人ふたりから話を聞き出す役目もある。どちらかが本当のことを話せば、お前を狙っている者がわかり、助けられるかもしれない」

九郎兵衛は落ち着いて言った。

「じゃあ、お主は俺の言うことを聞いてくれぬと？」

鉄車は不満そうに、舌打ちをした。

「意地悪で言っているのではない」

九郎兵衛は宥《なだ》める。

だが、鉄車が納得する様子はまったくない。

「そういや、昨日、本所の玉助がお主を訪ねてきたとか」

「ああ」

「もしや、俺と同じ道場に通っていた奴か」

「そうだ」

「あいつは何をしに来たんだ」

「頼み事があって、それで来ただけだ」

九郎兵衛は多くは語らなかった。

鉄車は同じことを何度もきいてきた。「お前には関係ない」と言っても、「そんなことはあるめえ」と意に介さない。

「そんなに気になるか」

「ああ。俺の命に関わることかもしれぬ」

「俺がお前を守る。与えられた任務をこなすまでだ」

九郎兵衛は、言い放った。

「また玉助は来るのか」

「かもしれぬ」

「………」

鉄車はそれ以上何も言わなかった。

この日、捕らえている浪人ふたりは口を割らなかった。翌日も同じことであった。拷問は激しさを増す。すると、弱気な方の浪人はもう一度、交渉をしたいと言ってきた。

だが、拷問のせいで、それからすぐに気を失った。

急いで医者を呼んで、手当をさせた。命に別状はなく、数日したら戻るだろうとのことであった。九郎兵衛はいつまでこのようなことが続くのか、終わりが見えないことに、苛立ちを感じてきた。

翌朝、本所の玉助がやってきた。

今までとは違って、気落ちした顔をしている。足も引きずっていた。

「どうした」

九郎兵衛が心配すると、

「これ以上、調べることはできません」

玉助は厳しい顔で答えた。

それから、この間渡した金を返してきた。

九郎兵衛は受け取らず、

「何があった」

と、きき返した。

「すみません。何も答えられないんで」

玉助は九郎兵衛と目を合わせずに頭を下げて、辛そうに足を引きずりながら帰っていった。

九郎兵衛はしばらく玉助の後を追って、話を試みたが、無駄であった。

仕方なく、『浅野屋』へ戻った。

二階がやけに騒がしかった。

不安に駆られ、急いで駆け上がった。

すると、鉄車の姿がなかった。窓が開けっ放しになっており、そこから冷たい風が室内に入り込んでいる。文十郎と寧々が慌てた様子で話している。

「松永さま。鉄車関の姿がないんです」

寧々が言った。

つい今しがた気が付いたという。

九郎兵衛は急いで裏口から外へ飛び出した。

五

一刻（約二時間）経っても、どこにも手がかりはなかった。

仕方なしに、花倉の道場へ行った。ちょうど、稽古が終わったところで、門人たちが次々に道場から出てきた。九郎兵衛はその者たちを押しのけながら進んだ。

花倉は九郎兵衛と目が合うなり、険しい顔で迎えた。

「申し訳ない。鉄車に逃げられました」

「なに？」

花倉は声を上げた。

すぐに、声を潜めて尋ねる。

「いつのことだ」

「一刻くらい前で、ずっと捜し回ったが、どこにもおりませぬ」

「『浅野屋』からいなくなったのか」

「ええ」

九郎兵衛は頷いた。

その時、後方から足音が聞こえてきた。振り返ると、佐島であった。九郎兵衛を見るなり、何か意味ありげな目つきをしていたが、すぐに花倉に視線を移した。

花倉に向かって、

「鉄車が怪我をしております。近くの寺の本堂で休んでおります」

と、佐島が言った。

「真か」

九郎兵衛は思わず身を乗り出した。

「はい」

佐島はしっかりと頷く。

「よし、行こう」

花倉が言い出した。佐島が先頭で、三人はそこへ向かった。

思っていたよりも近く、『浅野屋』の二階から見える狼煙台の少し先の林の中にある寺であった。『浅野屋』からはここに寺があるとはわからず、ただの林としか思えなかった。近づいてみると、高い木々に囲まれ、昼間でも太陽の光が射し込みそうにない陰鬱な寺であった。年季を感じる床は、下から突き上げてくるような冷たい風で、足元が冷えて身震いするほどであった。一歩踏み出す度に、床が抜けるのではないかというほどしなっている。

「ここは無住になって五年は経つものでな」

花倉が言った。

本堂の奥には、なぜか寧々がいた。隣には鉄車が片脚を曲げ、もう一方を前に伸ばしている。その脚には赤く染まった白い布がぐるぐると巻き付けられている。

鉄車は歯を喰いしばって、九郎兵衛を見た。

「どうして、勝手に抜け出した」

九郎兵衛は叱るでもなく、かといって心配するでもない、複雑な思いできいた。

「迷惑をかけられねえと言っただろう」

「だからといって」

「もう殺してくれ！」

鉄車は声を荒らげた。目線が九郎兵衛でないどこかを向いている。

「俺に言っているのか」

九郎兵衛は花倉と佐島をそれぞれ見てから、鉄車を再び見た。

「…………」

鉄車は答えない。

だが、凄まじい剣幕である。

「この様子では、歩くこともできません」

佐島は決めつけるように言った。

鉄車は首を横に振りながら、床に手を置いた。ぎぃーっと鈍い音がする中、立ち上がろうとする。だが、すぐに尻餅をついた。ドシンと大きな音が本堂に響き渡った。

「無茶をするでない」

花倉が鉄車に近づき、肩を貸した。

「殺してくれ」

鉄車は花倉に囁いた。

花倉は無視して、「さあ、早く」と寧々を促した。佐島も手伝い、鉄車の体を起こした。

「あとは俺ひとりに任せておけ」

花倉が言った。

妙な言い方だと気にかかったが、九郎兵衛は追及しなかった。

「道場へ連れていくつもりで？」

九郎兵衛はきいた。

「近くに医者がいる。そこへ連れていく」

「なら拙者も」

「いや、お主は来なくてよい。佐島、行くぞ」

花倉が呼んだ。

ふたりは鉄車に肩を貸しながら、本堂を出て行った。

改めて、寧々と向かい合うと、

「どういうことだ」

九郎兵衛はきいた。

「佐島さまが、怪我をしている鉄車関を見つけて、ここに連れてきたと言うので。

とりあえず、介抱してやってくれと」

「『浅野屋』に来たのか」

「はい」

「その間、鉄車はひとりでここにいたのか」

「はい」

寧々は頷く。

「それにしても、ここにいたということは、鉄車は『浅野屋』を出てすぐに怪我を
したようだな」

「そのようですね」

「介抱したから、どういう状況かわかっているだろう。脚をやられたようだったが」

「はい、何かが刺さったように」

「刺さった？」

「もしかしたら、二階から飛び降りた時に、木の枝か何かが」

寧々が言い終える前に、

「いや、その程度であそこまでにはならない。刺されたのではないか」

九郎兵衛は口にした。

寧々は小さく首を横に振り、「わかりません」と呟いた。

ともかく、このことは権太夫に報せなければならない。

九郎兵衛は芝神明町へ行くと告げて、歩き出した。

『鯰屋』には、権太夫はいなかった。つい、四半刻（約三十分）ほど前に、今夜は遅くなると言って出ていったそうだ。九郎兵衛は番頭に鉄車のことで言付けだけして、また来た道を戻った。

飯倉《いいぐら》あたりに差し掛かった時、見覚えのある駕籠を見た。腰の位置が高い立派な脚の駕籠かきにも見覚えがある。

（どこで見たのか）

少し考えて、

「そうだ」

と、つい手を叩いた。

沼田の乗っていた駕籠だ。

駕籠はさっさと進んでいく。九郎兵衛は考えるまでもなく、その駕籠を尾けていった。幸い、駕籠かきに気づかれた様子はない。その駕籠は京橋、日本橋、神田を抜けて、上野へ向かった。

忍岡稲荷の境内に入り、その奥へ行く。

進む先には、権太夫が所持している庵があるだけだ。

なぜ、沼田がそこへ……。

九郎兵衛は周囲を見渡し、誰にも見られていないことを確かめると、庵に近づいた。

小さいながらも三人の声が聞こえてきた。

九郎兵衛は地獄耳を澄ました。

「どうして、鉄車を殺そうとしない」

久世の苛立ったような声だ。

「生かしておかなければ、仲間を摑めません」

沼田が毅然と答える。

「仲間など、この際どうでもよい。ともかく、鉄車がやっているとなれば……」

「あの者を操っている者がいます。それが、水戸であれ、薩摩や長州であれ、大本がわからない限り、同じようなことが繰り返されます。それに、鉄車が他の大名お抱えの力士に工作の指示をしていることも考えられます」

沼田が言うと、

「そのことで」

権太夫の声がした。

「実はこんなものが」

紙の擦《こす》れる音がする。

すぐに、三日前渡した文の写しだと思った。

「どうしたのだ」

久世がきく。

「鉄車は松永さまに、これを届けるように頼んだようです」

権太夫が答える。

「なら、この三人の力士が鉄車から指示されて動いている者と見て間違いない」

「いや」

沼田が制した。九郎兵衛でも聞き取れないほど小さな声で何か話している。

「私もそう思います」

権太夫が同意した。

「そうかのう」

久世は納得がいかないようだ。

九郎兵衛は足音を立てないように、少しずつ庵に近づいた。

その時、目の前に女が現れた。

肌は透き通るように白く、身のこなしが軽そうだ。

「松永さま」

女が声をかけてきた。

九郎兵衛はどぎまぎしながらも、

「この庵を預かっている……」

と、警戒して言った。

「はい」

女は頷き、

「ご心配なさらずに。松永さまがこちらにいらっしゃることは決して言いません」

と、九郎兵衛の目をしっかりと見る。

「どうして」

「なんといいますか……。松永さまの不運な状況に、つい私の境遇を重ねてしまいまして」

「どういうことだ。お前は、何か訳があって権太夫に……」

「それ以上はおききにならないでくださいませ」

女は苦い顔で、小さく頭を下げた。

「そうか」

九郎兵衛はそれ以上は追及しなかった。

「名前は？」

「みねと申します」

「みねか。寧々と一文字違いだな」

「…………」

みねの顔は妙に強張っていた。

「文十郎の許にいる寧々とは姉妹か」

「いえ」

みねは首を微かに横に振る。

「だが、顔がそっくりだ。それに、この件に関して、ふたりとも直接でないにしろ関わっている」

「…………」

「寧々は自分の父親は二百石の旗本だったと言っていた。訳あって、父親が旗本株を売り、それから浅野屋文十郎の世話になっていると」

九郎兵衛はみねの顔色を窺いながら、話した。

みねは戸惑ったように、眉根を寄せる。

それから、

「話せば長くなります。私もここでぐずぐずしていると、旦那さまに怒られますので」

「後で教えてくれるか」

間があった後、

「はい」

と、みねは小さな声で答えた。

「約束を違《たが》えるでないぞ」

九郎兵衛は念を押す。

ふたりで話している間、中の会話は聞けなかった。

「もう行っていい。俺は権太夫に用があって来たまでだ。『鯰屋』へ行く」

九郎兵衛はその場を離れようとして、一歩踏み出した。

「あの」

みねが小さな声で呼びかけた。

九郎兵衛は足を止める。

「私も全てを知っているわけではありませんが、以前にも沼田さまと久世さまが共にこちらにお越しになりました。その時にも、鉄車という力士のことで言い争っておられました。久世さまが鉄車を殺せというのに対して、沼田さまは殺さずに泳がせておいた方がよいと」

「それはいつの話だ」

「いまからふた月ほど前」

「ふた月」

「そういえば、これから鉄車が巡業に出るとかなんとか言っていました」

みねが思い出したように言った。

九郎兵衛はみねの話を鵜呑みにしてよいものか、疑いながらも、「教えてくれてかたじけない」と礼だけは伝えておいた。

第四章　討ち入り

一

『鯰屋』の新たに増設された部屋で半刻（約一時間）ばかり待っていると、権太夫がやってきた。

わざとらしく、急いで来たという素振りを見せる。

「松永さま、長らくお待たせしたようで」

「どこへ行っていた」

九郎兵衛はあえて確かめた。

「野暮用で」

権太夫は、にたりとした。

「途中で引き返してきた次第にございます。というのも、鉄車が逃げ出して、負傷したようで」

「そうだ」

「引き留めていただいてありがとうございます」

権太夫はうやうやしく頭を下げた。

「俺がやったのではない。佐島だ」

九郎兵衛は言った。

権太夫は、「佐島晋平さまですか」と即座にきいてきた。

「あやつは、どうして常に俺の近くにいる」

「松永さまの何かを探っているのでしょうか」

「探っている?」

「私にもわかりません」

「なら、どうして探っているなどと」

「ただの勘にございますよ」

「俺は昔、佐島邦之助という丸亀藩に潜入していた幕府の隠密、旗本だったが、そいつを拷問した上に、白状させたことがある。その佐島と何らかの関係があるのではないか」

「ただ姓が佐島ということだけで疑っているのですかな。もしや、その佐島邦之助という旗本の子どもが、佐島晋平だとでも？」

「そうだ」

九郎兵衛が頷くと、権太夫は不気味な笑みを浮かべて首を横に振った。

「それだけで疑うというのも、松永さまらしくありません」

「考えられる」

「そのようなことはありません」

「本当か」

「私が嘘をついたことがありますか」

権太夫は、にこやかに言った。

「ない。だが、隠していることはある」

「重要なのは、嘘をついたことがないということでございます」

権太夫の目は自信に満ちている。

それならば、佐島邦之助と晋平は親子ではない。だが、佐島晋平は権太夫の手のうちにあるのか。九郎兵衛はそのことも尋ねてみた。だが、権太夫は笑みを浮かべるだけで答えてくれなかった。

「ところで、鉄車をここに移すという件だが、あやつはどうも乗り気ではなさそうだ。かといって、『浅野屋』にいることもよしとしていないが」

「そうですか。困ったものですな、鉄車にも」

権太夫はさりげなく言ってから、

「いえ、なんでもありません。ただ、松永さまは先ほど、私が沼田さまと久世さまと三人で話している時に、様子を探っていたようで」

もしや、みねが話したのかと思ったが、それを直接きくわけにはいかない。

「…………」

九郎兵衛は曖昧に首を動かしてから、

「沼田と久世が繋がっているとは思わなかった。どうして隠していた」

と、詰め寄った。

「隠していたわけではありません。ただ、少しややこしい話ですので、松永さまにはお伝えしない方がいいと思いまして」

「そのような気遣いは無用だ」

九郎兵衛は怒ったように言った。

「これは、失礼を」

「で、沼田と久世はどのような間柄なのだ」

「ご存知の通り、沼田さまは安芸鏡山藩の江戸家老、そして久世さまは大名を監視する大目付」

「安芸鏡山藩は一枚岩ではないようだが」

九郎兵衛は鉄車が口にしていたことを言った。

「ほう」

権太夫は興味深そうに、「松永さまのご存知のことを話してください」と言った。

それ以上知らないであろうといった含みがあるようだ。

「わからぬから、教えてくれと言っておる」

九郎兵衛は詰め寄った。

「これをお話ししたところで、今回の務めに影響を及ぼさないようにしてくださいませ」

　権太夫は真面目な顔つきになった。

「むろんだ」

　九郎兵衛は頷く。

「沼田さまは、久世さま同様、小早川勝元さまが当主の安芸鏡山藩を危惧しております。勝元さまは藩政改革を行い、財政を潤した功績がございますが、まえにもお話ししましたように、危ない思想をお持ちで」

　九郎兵衛は危ない思想について言及しようとしたが、その隙を与えないように、権太夫は続けた。

「そのため、沼田さまは予め大目付の久世さまに、安芸鏡山藩の内情をお話ししているのです。その中で鉄車力也のことが出てきたという次第に」

「久世からすれば、鉄車が邪魔で、沼田はそれを知って鉄車を守りたいと？」

「はい」

「だが、なぜだ。鉄車はただの力士ではないのか。そのように大事に捉えることがわからぬ」

九郎兵衛はがっちりと腕を組んで、首を傾げる。

「なぜ久世は鉄車を殺そうとし、沼田は守ろうとする。ふたりは仲間であろうのに」

「それは私には関わりがございませんので」

「そのようなことは」

「以前にも申し上げた通り、私は商人でございます。商人は利によって動くのみ。松永さまのように義を持ち合わせてはおりませんので」

権太夫は深々と頭を下げた。

言いたいことは山ほどあった。文句もあり、今後のことの指示を仰ぎたくもあった。しかし、権太夫は「流れに任せたままに」と同じことを言うにとどめた。それから、「ただ、『浅野屋』で事を起こしてはなりません。それと、文十郎がとやかく言いましても、松永さまは口車に乗せられないように」と釘を刺した。

『鯰屋』を出ると、月が低いところで光っていた。

静まり返った芝や三田の町々を通り抜け、伊皿子《いさらご》坂に差し掛かった時であった。

時刻外れの烏が、前方、坂の途中の木立から飛び出した。

それと同時に、黒い影がいくつか目の前に現れた。

腰を落としながら、近づいてくる。夜目を利かせて見ると、みな黒頭巾を被っているが、腰には刀が二本差してある。

気配は背後からもあった。

振り返らずとも、囲まれているのはわかった。

九郎兵衛は立ち止まった。

天を見上げ、目を瞑る。

ささっと地面を擦る音がいくつも近づいてくる。その音を聞き分けるように、やがて、九郎兵衛は目を見開く。

愛刀三日月を抜く。

九郎兵衛は足音がまばらな前方左手に向かって、刀を脇に構えて坂を駆け下りた。

相手は急なことに驚いたのか、急に立ち止まり、上段に構えた。

九郎兵衛は相手の太腿を斬った。

衣が斬れる音と共に、低い呻《うめ》き声も聞こえた。

そのまま、突っ走った。

道が二股に分かれている。

左へ曲がれば大木戸へ向かうところをあえて、右手、泉岳寺《せんがくじ》の方へ突っ走った。

大木戸に行ったら、奴らは追いかけてこない。それならば、広いところでまとめて相手になってやる。

少しすると、右手に泉岳寺の山門が見えた。

その前で、九郎兵衛はくるりと向き直った。

黒い影は六つ。

こちらに向かって、全速力で駆けてくる。中には獣のように唸っている者もいる。

各自がそれぞれの速度で、ばらつきがある。

勝算はあった。

（余裕だ）

気を抜かずに、九郎兵衛は下ってきた坂をさっきよりも速く走って引き返す。

右側に脇構えをして、まず手前の敵を下から掬い上げるように肩口から斬った。

続いて、左に刀を構え直して、続く敵は横一文字に斬った。

その後、三人を立て続けに斬った。

皆、急所は外している。

最後の相手とは刃と刃がぶつかった。相手の押し返す力は強かった。九郎兵衛は負けじと力を加え、相手がさらに押そうとするところで刀を外した。相手の体勢が崩れると峰打で腕を叩いた。

相手の刀が落ちる。それを蹴とばして、遠くにやる。続けざまに、太腿を斬った。

「うう……」

と鈍い声で呻いた。

九郎兵衛は辺りを見渡す。

少し離れたところに、ひとつだけ影を見つけた。

追いかけようとすると、その影は去った。

諦めて、目の前の敵の黒頭巾を取った。

月明かりに、太い眉毛に厳めしい目つきが照らされる。知らない顔だ。他の者たちの黒頭巾も順に取った。皆、知らない顔であった。九郎兵衛はひとりの胸ぐらを摑んで相手を立ち上がらせ、「何のために襲った」と問い詰めた。

「…………」

この男たちは、『浅野屋』の物置に拘束している浪人ふたりと関係があるのか。できることならば、この者ら全員を尋問したい。

だが、品川まで連れていくのは、たとえ相手がひとりであっても厳しい。

その場に捨ておいて、『浅野屋』へ戻った。

例の浪人は、意識を取り戻しており、九郎兵衛に次のように語った。

「長くなるが、拙者は金のために働いたまで。命を賭けてまでも、あいつらと行動を共にすることはござらぬ。というのも、拙者はひと月前まで水戸藩に仕えていたが、訳あって藩を辞める羽目になった。暮らしていくのに剣術でも教えようと思っていたところ、薬研堀の一橋無楽斎殿と出会った。そして、数日前に無楽斎殿から『十両の依頼がある』と声をかけられて、それに応じたまで」

そう前置きをしてから、

「一橋無楽斎殿には並々ならぬ恩があるが、やはり自分の命の方が大事。もうひとりの奴は違うようだが、拙者は正直に話そう。『浅野屋』に押し入ったのは、火を付けるため。ここの主人と番頭が出かけたのを確かめてから火をかける手筈だった。しかし、番頭が急に帰ってきて、顔を見られた。それで殺すことになったが、それを女中に見られ、二階に上がられた。それからお主が下りてきて、こうなった始末……」

と、奥歯を噛みしめて語った。

ききたいことは、色々とある。

まずは、

「この計画は、一橋無楽斎が立てたものか」

と、尋ねた。

「そうだ」

「その裏に誰かいるということは？」

「わからない」

浪人は首を横に振った。

「もうひとりの浪人は何者だ」

「知らぬ。が、元は十津川郷士と聞いている」

「十津川郷士か」

九郎兵衛は頷き、

「火を付ける予定だったと言っていたが、なぜそのようなことを」

と、さらにきいた。

「それも知らされていない。ただ、火を付けたら二階に上がるように言われていた。そして、一番奥の部屋の窓を開けて、そこから力士を連れて逃げ出せと」

「力士というと、鉄車と？」

「名前までは知らされていない」

九郎兵衛がじっと見ると、浪人は本当のことだと力説した。こんなに痛めつけられるのは嫌だから、話しているとも言う。

「力士を逃がせと言われたのか」

「左様」

「殺せとは？」

「言われていない」

なぜ、逃がそうとしたのだ。鉄車は、元より、一橋無楽斎の門人だ。

それに、わざわざ火事を起こそうとするのも気にかかる。九郎兵衛がいるから、攪乱《かくらん》するためか。それとも、宿と九郎兵衛ごと、丸焼きにしようとしたのか。

「俺のことは何も言われていなかったのか」

九郎兵衛は確かめた。

「言われておった」

「なんと？」

「かなり腕の立ちそうな者がいるから気を付けるようにと」

「それなのに、ふたりで来たのか」

「今回は火を付けて、力士ひとりを逃がすだけの計画だ。ふたりで事足りると思ったのだろう」

浪人は告げる。

適当なことを言って誤魔化しているようには見えない。

それ以上は知らないと、逃がしてくれと懇願してきた。

九郎兵衛は浪人が自分の足で歩けることを確かめると、共に花倉の道場へ行った。

その途中、九郎兵衛は浪人に矢継ぎ早に短い問いを投げかけた。そこで新たにわかったことは、鉄車を逃がした後には、また別の依頼があるとのこと。それは、「丸亀藩お抱え力士の許へ行けとのことだった」という。

途端に自身がかつていた藩の名が出てきて、ぎくりとした。

すでに離れているが、丸亀藩のことはまだいくらか知っている。

相撲好きの藩主である。相撲好きで、参勤交代で江戸詰めの際、相撲見物をしていたが、感極まって手を叩きながら小躍りしたため、大名にあるまじき恥ずべき行為と非難され相撲の観戦を禁じられた。しかし、どうしても相撲が気になる藩主は、御相撲方という、取組を伝える役職を作ったほどであった。

その丸亀藩お抱えの力士が、朝日山軍右衛門という大関である。

朝日山は、数日前に九郎兵衛が鉄車の頼みで、文を届けた相手だ。

あの時は、大したことは書かれていないように思えたが、やはり、何かを告げるためであったのか。

そうこうしているうちに、道場に着いた。

中に入ると、佐島が出迎えた。

花倉の姿はない。

佐島は浪人を探るような目つきで見ている。

「花倉殿は？」

「奥に」

佐島は声を潜めた。

「どこか待っていられるところはあるか」

九郎兵衛はきいた。

「二階がありますので」

佐島が案内した。この男が急に襲ってくるやもしれない。いつでも刀を抜ける心構えをしながら付いていった。佐島が襲ってくることはなかった。

佐島は「先生が来るまで少々お待ちを」と言ってから、「鉄車関の様子は？」と気にかけた。

「なぜ、お主が気にする？」

九郎兵衛は睨むように返した。

「私が怪我をしているところを発見しましたので。ただ気になっただけにございまする」

佐島はまだ何か言いたげな表情であったが、頭を下げて道場へ戻っていった。

二

何者かが二階へ上がってくる足音と共に、九郎兵衛と浪人は息を止めた。浪人には、他にどれほどの仲間がいるのか聞いていた。少なくとも二十人以上はいると、一橋無楽斎は話していたようだ。

(二十人も……。とすると、道場の門人だけではなさそうだ)

それから、どういった者たちが仲間にいるのか探った。

浪人は詳しくは知らないが、『浅野屋』で一緒に捕まった男は、各地で暴動や一揆などを起こしたこともあるらしいという。

襖が開き、花倉が姿を現す。

「待たせたな」

「いいえ」

「隣にいるのは？」

「例の……」

「そうか。何か話したか」

「色々と。本人の口から語らせましょう」

九郎兵衛は浪人の背中を押した。浪人は堰《せき》を切ったように、一気に話し出した。

「まだ権太夫から許しは得ておりませんが、とりあえず、この男をここに匿ってもらいたいと思いましてな」

理由を言う前に、

「うむ」

と、わかっているとばかりに、花倉は大きく頷き引き受けた。

花倉は佐島を呼び、この浪人を同じ階にある使っていない部屋に案内させた。それから、九郎兵衛は一階に下り、道場奥にある鉄扉の間へ移った。

その途中、

「あの者に任せても大丈夫ですかな」

九郎兵衛はきいた。

「佐島のことか」

「ええ、奴は信頼なりませぬ」

「やけに引っ掛かるな。山田浅右衛門殿の門人だというのが、それほどに……」

「そのことではありません。拙者をずっと尾けているような気がしまして」

「ずっと？」

「ええ」

九郎兵衛は深く頷いた。

「ふむ、お主をな……」

花倉は考えていたが、「あいつを疑う必要はない。松永殿を襲うこともなければ、鉄車を勝手に殺すような真似もせぬ。それに、あの浪人を手に掛けることもなかろう」と、言った。

「佐島とは長い付き合いなのですか」

「かれこれ、五年になろうかのう」

「先祖代々、山田浅右衛門殿の門人なので？」

「いや、あいつの父親からだ。佐島の父親は、元々剣術好きな漁師だった。漁師といっても越中島《えっちゅうじま》でいくつもの船を持って、何十人という漁師をまとめていてな。旗本株を買い取ったそうだ」

「旗本株を？　佐島家は、売りに出されていたので？」

「そのようだ」

花倉はそんなことよりも、鉄車のことだとばかりに咳払いした。

ちょうど、鉄扉の間に着いた。

中に誰かいるようだ。

九郎兵衛が花倉を見ると、

「沼田さまが」

と、花倉が告げる。

「失礼いたす」

花倉が中に入った。九郎兵衛も続いた。

沼田はいつになく険しい顔をしていた。

「一橋無楽斎が絡んでいるようだな」

沼田の目つきが、さらに鋭くなる。

「その裏に誰かがいるということは？」

花倉がきき、

「お主もそうは思わぬか」

と、訊ねてきた。

「拙者には見当もつきませぬ。だが、鉄車を逃がして、さらに何かをしようとしているとなると、大きなことを企んでいるのですな。そうなると、金が必要になる。その金を誰が出しているのかというのが問題で」

九郎兵衛の言葉の途中で、

「そこはもうわかっておる」

沼田が割って入った。

「誰なのですか」

「…………」

沼田は軽くため息をつき、莨《タバコ》を吸い始めた。

細い煙が絡まるように、天井へ上っていく。灰吹きに煙管《キセル》を叩きつけると共に、

「無楽斎《や》を殺るか」と、沼田が花倉を見つめて言った。

花倉はすぐには答えない。

考えているようで、腕を組んでぶつぶつと独り言を言っていた。

その中に綾之助という言葉が微かに聞こえた。

九郎兵衛が花倉を見ていると、花倉は気が付いたようで、顔を向けた。

「確かに、無楽斎が親玉なのかもしれませんが、その下にいる者たちの一切を把握してからでないと。無楽斎の代わりがまだいるかもしれません」

「無楽斎に、鉄車、このふたりがいなくなれば」

「いえ、もうひとり、大事な人物を忘れておりませぬか」

花倉は凄みのある声で言った。

「うむ」

沼田が思いついたとばかりに、重たく頷いた。

一体、誰のことなのか、九郎兵衛には見当がつかない。

「しかし、手に掛けるのは」

沼田は躊躇した。

「ならば、松永殿に」

花倉が言う。

ふたりが、同時に九郎兵衛を見た。

「殺しを頼まれてくれるか」

「もうひとりというのを」

「そうだ」

沼田は言いかけて、

「やはり、まだ早い。万が一にでも取り逃がすことはできない」

と、口にした。

「では、奴らの仲間を探り出しますか」

花倉がきいた。

「そうしよう」

沼田は決めたとばかりに立ち上がった。

「ここでいい。ふたりで、今後のことを話しあってくれ。某は気づかれぬように、こっちのことを進めておく」

その場を去った。

花倉は深く頭を下げた。

それから、顔を上げて、九郎兵衛を見た。

「もうひとりとは誰なので」

九郎兵衛はじれったい思いできいた。

「それは、まだ」

「なぜ隠すのです」

「そのうちに話す。わしも話したいところだが、沼田さまが決めること。申し訳ない」

花倉にそこまで言われると、九郎兵衛は言い返せなかった。

「それよりも、さっき綾之助と」

九郎兵衛は思い出したように言う。

「まあ、なんでもない」

花倉は口ごもる。

「綾之助が殺されたことは花倉殿もご存じでしょう」

九郎兵衛は賭けに出るつもりで、切り込んだ。岡っ引きの玉助の言っていることが正しいという確証はなかった。

「お主」

「はい」

「どうして、綾之助のことを気にする」

花倉の口調は厳しかった。

「綾之助がどういう訳で、花倉殿の道場に来るようになったのか考えてみると、一橋無楽斎から逃れるためだったのではと。そして、綾之助を殺したのも無楽斎の手先なのでは？」

九郎兵衛は再び切り込んだ。

「無楽斎のう」

花倉は少し間を置いてから、

「まず話しておかなければならないな。綾之助を殺したのは、鉄車だ」

「え、なぜ鉄車が」

「綾之助がしくじったからだ。綾之助は、沼田さまが無楽斎の天然理心流道場に潜らせていた間者だ」

「というと、無楽斎はかねてより怪しい動きを？」

「はじめは鉄車を怪しんでいた。鉄車は力士のくせに、やけに小早川勝元さまに政治の話をしていた。異国の事情などにも詳しい。それから鉄車を探ってみると、どうやら無楽斎が鉄車に吹き込んでいるとわかった。鉄車はその受け売りで勝元さまに話している。のみならず、水野さまの執政に異を唱えるようなことも口にしていたそうで、沼田さまとしても見逃すわけにはいかないと」

　花倉は低い声で語った。

「数日前、鉄車が言っていたのですが、安芸鏡山藩は一枚岩ではないと。そして、沼田さまは藩の中でも特異な方だと」

「そうか。鉄車は自分が疑われていることに気づいていたのであろうな」

　花倉は頷いてから、

「お主も、天保二年の防長での一揆を存じておろう」

と、言った。

「はい。その一揆の首謀者のひとりが、綾之助の父親だったとか」

「なぜそこまで」

花倉は驚いている。

「綾之助と同郷で、同じ道場に通っていた本所の岡っ引き、玉助から聞きました」

「玉助か」

花倉は知っているような口ぶりをする。

「まさか、玉助も無楽斎の手下で？」

「いや、はじめはそうかと疑ったが、違った。鉄車や無楽斎のことは、沼田さまに指示されて、徹底的に調べたから間違いない」

花倉は強い口調で言う。

それから、

「綾之助の父親がその一揆の首謀者というのも正しい。しかし、それは沼田さまの命を受けてのこと」

「え？」

「もっと言えば、沼田さまは勝元さまのために一揆を起こした」

花倉が厳かに告げた。

藩主が、しかも江戸家老も絡んで、国許でわざわざ一揆を起こすとは、どういうことか。

自国で大きな被害を出せば、石高が減ることも、財政状況がさらに悪化すること
も、最悪の場合、改易となることも考えられる。それを承知で行ったというのか。

頭の切れる沼田のことであるから、思いつきでそんなことをするはずがない。

そもそも、国許で藩政を取り仕切っている家老がいることだろう。何もわざわざ
江戸にいる沼田が出ることはない。

いや、国家老ではなく、沼田が出る必要があるとすれば……。

ある考えが浮かんだ。それと、同時に、一枚岩でないという鉄車の言葉も脳裏を
過った。

九郎兵衛は改めて花倉を見て、

「もしや、安芸鏡山藩の国家老が実権を握って好き勝手していて、実権を勝元さま
に返すために、わざと一揆を起こしたのではないですか」

と、切り込んだ。

花倉は無言で、深く頷いた。

「それで、沼田さまの策は見事はまったわけですな」

九郎兵衛は確かめる。

「ああ、国家老は一揆の責めを追う形で切腹させ、実権は勝元さまに近い者たちが握ることとなった。それから十年余りが経って、今では藩政改革も成功して、国力も上がっているようだ。しかし、ここ数年、勝元さまと沼田さまの間に亀裂が入っている」

「勝元さまが鉄車の言うことばかりに耳を傾けるからですか」

「そうだ。お抱え力士というより、陰の実力者と言った方がいいくらいだ。その裏には、一橋無楽斎がいる」

「つまりは、一橋無楽斎が安芸鏡山藩を操っているようなもので、沼田さまはそれを危惧しているのですな」

「ああ」

花倉は頷いた。

その時、九郎兵衛は、南光庵で沼田と大目付の久世、権太夫が話していたのを思い出した。

「沼田さまは、この件で久世さまに相談されたのでは？」

九郎兵衛はきいた。

「お主は、何から何までわかっておるのう」

花倉が苦笑いする。

「いえ、推測に過ぎませぬが」

九郎兵衛はそう言ってから、さらに続けた。

「それゆえ久世さまは早く鉄車を殺せというのですね」

「そうだ。ついでに一橋無楽斎も」

「それで、権太夫を通して拙者に……」

九郎兵衛は納得した。

「しかし、その案には、沼田さまははじめ反対されていたと」

「いかにも」

それが、ふた月前に南光庵で話し合われていたと、みねが言っていたことだろう。

色々とわかってきたが、わからないこともまだまだあった。

「なぜ、権太夫ははじめ久世さまの指示に従えと言っていたのに、それから沼田さまの言うことを」

「それはわしの憶測でしかないが、おそらく鉄車の師匠、御所車を捕まえたことで意見が変わったのだろう。御所車は自身の相撲部屋に大量の武器を隠していた。それを巡回中の定町廻《じようまちまわり》同心が見つけて、捕まえるに至った。その後、調べてみると御所車と無楽斎の仲が深いことがわかって。おそらく無楽斎が関わっている」

「それならば、さっさと無楽斎を捕まえなければ」

「さっきも言ったように、他にもこの計画の仲間がいれば、そうしたところで江戸で反乱が起こることも考えられる。だから、無楽斎や鉄車などを監視しながら泳がせておいて、仲間を割り出すべきだというのが沼田さまのお考えだ」

久世よりも、沼田の考えに理がある。

徐々に、全容が見えてきた気がした。

「拙者は浅野屋文十郎から、花倉殿のところへ行くように言われました。それも、権太夫の指示だったのですかな」

九郎兵衛は確かめた。

「いや、文十郎がそうしただけだろう。元よりわしは文十郎と親交があり、わしが沼田さまの許で、この一件を調べていることも知っていた。だから、繋げようとしたはずだ」

「文十郎はやたらと鉄車を殺したがっていますが」

「それは何故かわからぬ。久世さまからそう言われているのかもしれぬ」

「そうですか」

九郎兵衛は頷いたが、

「佐島」

と、ふと口をついて出た。

「佐島？」

花倉がきき返す。

「あの男は、この件でどんな役割を担っているのですか」

九郎兵衛はきいた。

「…………」

今まで話してくれていたにも拘わらず、急に黙り込む。

「拙者を監視する役割を、沼田さまから受けていたのですか」

九郎兵衛は厳しい表情で問いただした。

「それは違う」

「では、何を」

「困ったな。佐島のことは、勝手に言うわけにもいかぬのだが」

花倉は九郎兵衛を改めて見た。

それから、

「わしが言ったということは内密に。佐島は幕府の隠密だ。小早川勝元さまを探っている」

と、早口で話した。

「それなのに、どうして拙者のことを」

「わからぬ。いや、惚けているわけではない」

花倉が真面目な顔をして訴えた。

「そうですか」

佐島には何か目的があるはずだ。

それを花倉は知らないのかもしれない。

「して、花倉殿は沼田さまの指示で動いているのですか、それとも……」

「お主と一緒だ」

「ということは、権太夫の？」

花倉は無言で頷いた。

「しかし、元より沼田さまとは親交があったのでございましょう」

「もう十年近くになろうか。ただ、そのお膳立てをしてくれたのも、権太夫だ。あまり詳しくは語れぬが、だからこそ、わしはお主の立場がよくわかる」

花倉は意味ありげな目を向けた。

もしかしたら、九郎兵衛の妹が葛尾藩主の側室になっていて、九郎兵衛からしてみれば人質に取られているのと同じように、花倉にも権太夫には逆らえない何かがあるのかもしれない。

あまり多くを語れないことは、重々理解した。

それよりも、自分と同じような立場にいる人間が花倉の他にもいるのかもしれないと思った。

（かつての仲間、神田小僧巳之助も……）

ふと、そんなことも頭を過った。

三

月が雲に隠れている。

夜は浅いのに、いつになく暗かった。風はないが、底冷えする。

『浅野屋』の灯りが、やけに寂しく点っていた。

九郎兵衛が裏口から入ると、寧々が不安そうな顔をして、近づいてきた。

「どうした」

九郎兵衛はきいた。

「あの、鉄車関が……」

寧々が口ごもる。

その時、廊下の奥から早足で文十郎がやってきた。

「松永さま、申し訳ございません。鉄車関が亡くなってしまいました」

文十郎が頭を下げた。

「なに、鉄車が死んだ？　どうしてだ」

九郎兵衛は奥へ進んだ。

「旦那さま、それが……」

寧々が付いてきて何か言おうとするが、

「お前は下がっていなさい。あとは、私が松永さまと」

文十郎は焦ったように言う。

「鉄車はどこにいる」

「二階の部屋です」

九郎兵衛が二階へ行くと、鉄車が泡を噴いて死んでいた。

近くには徳利と猪口が転がっていて、喉には掻きむしった痕がある。

「毒を呑んだのか」

九郎兵衛が文十郎に問う。

「はい、ひれ酒を呑んで」

「ひれ酒で？」

いくらふぐのひれとはいえ、ひれ酒で毒が回って死ぬなどとはきいたことがない。

「もしや、殺したのではないのか」

九郎兵衛は以前から、文十郎が殺したがっていることを念頭に置いて言った。

「いえ」

文十郎は、どぎまぎしながら首を曖昧に振る。

「ともかく、こうなってしまったものは仕方あるまい。お主は花倉殿の許へ、俺は権太夫の許へ」

九郎兵衛は部屋を出た。

一階に下りると、寧々がすすり泣いている。

「あの、松永さま」

唇を震わせながら、目頭に涙を溜め、何か訴えようとしている。

「なんだ」

「その……」

すぐには言わない。

「なんなのだ」

九郎兵衛は少し苛立ちながら、きいた。

「いえ、それが……」

洟《はな》をすりながら、寧々は言葉にならないことを口走っている。

「後にしてくれ」

九郎兵衛は『浅野屋』を急いで飛び出した。

痛い程の向かい風の中、芝の『鯰屋』まで最短の道で駆け抜けた。


四つ（午後十時）を過ぎていた。

権太夫は待っていたとばかりに、九郎兵衛を招き入れた。すでに、鉄車が死んだことは知っていると、口にした。

奥まった部屋で向かい合うと、

「松永さまが外している間に、鉄車が死んだのですね」

と、権太夫が確かめてくる。

「そうだ。花倉殿の道場に」

「何のために行ったのです」

「捕らえている浪人が口を割ったんだ。それが……」

「『浅野屋』に火をかけて、鉄車を逃がすためだったと」

権太夫が先回りして言う。

誰が報せているのだ。

九郎兵衛はじっと権太夫を見た。

権太夫は視線を外し、

「沼田さまが花倉さまの道場にいたでありましょう。そこで、何か決まりましたかな」

と、きいてきた。

「お前さんが、沼田を寄こしたのか」

「今日の昼間に沼田さまと会っていたことは確かですが、私は何も指示しておりません。沼田さまが花倉さまに、いや、松永さまに頼みたいことがあって出向いたのでしょう」

権太夫は言う。

「ともかく、無楽斎が裏で鉄車を操り、小早川勝元に入れ知恵をしていたのだな」

「ええ」

「花倉殿と沼田の話では、無楽斎、鉄車、それにもうひとり重要な人物がいるということだったが」

「…………」

「それが、小早川勝元ではないのか」

九郎兵衛が言うと、権太夫は認めたのか、相槌を打っているのかさえ定かでないほど微かに首を縦に動かした。

「その三人が中心となって、何か計画を立てていたのか」

「まだ小早川勝元さまとは」

「どうせ、後で真相を知ることになる。どうして今言わぬ」

九郎兵衛は迫った。

権太夫はしばらく九郎兵衛の目を見てから、

「松永さまに、ここまでしてもらうつもりはありませんでしたが、鉄車が殺された以上、さらなる活躍をしてもらいましょう」

と、腹を括ったように、大きく息を吐く。

一拍置いて、

「仰る通り、その三人がある計画を立てています。去年の冬にも、その計画がありましたが、沼田さまが事前に摑んで、それを潰しています」

「去年の冬……」

九郎兵衛はあることが脳裏に浮かんだ。

綾之助が死んだのは、去年の冬。鉄車に殺された。

「もしや」

そのことを、権太夫に確かめた。

「さすが、よく調べてらっしゃいます。松永さまのそういうところには感心いたします」

権太夫は驚いた顔こそ見せないものの、大げさなくらいに褒め讃えた。

「はい」

「沼田はこの計画の仲間を割り出そうとしている」

「もう割り出せたのか」

「八割方は……」

「まだ二割はわからないのだな」

「確証が持てないだけで、目星はついております」

「どうするのだ」

「鉄車が死んだと敵に知られたら、何をしでかすかわかりません。ここは早めに、しかし、確実に仕留めることを考えねば」

権太夫は言った。

その時、「失礼します」と番頭が入ってきた。手には文を持っている。その文を権太夫に差し出す。権太夫は目を凝らして、その文をざっと読んだ。

「読んでもいいか」

九郎兵衛は手を差し出した。

「はい」

権太夫が渡してくる。

しかし、そこに書かれているのは、俳句が五句。

「これは？」

「無楽斎が勝元さまに宛てた文です」

「それを盗んできたと」

「ええ。向こうに渡る前に」

権太夫が少し安堵したように言う。

勝元を監視するのは、佐島の役目だ。

「なら、佐島が持ってきたのか」

九郎兵衛はきいた。

「はい」

権太夫は頷いた。

「それはともかく」

権太夫は、この句は暗号で、会合が開かれる日時と場所が書かれていると言った。

「俺には、このようなことは全くわからぬが、そういうものなのか」

「はい、何度となく、あの者らの文を解読してきましたから」

「その役割も、佐島だと？」

「ええ」

権太夫は短く答える。

「それなのに、奴はなぜ俺を」

九郎兵衛はきいた。

「何も松永さまのことを疑っているわけではないでしょう。そこはご安心を」

　権太夫は、はっきりと答える。

「花倉殿もそう言うが……」

「ともかく、佐島さまを疑うよりも、この一件を片付けることが先です」

「そうだな。計画というのは、何なのだ」

「西の丸に火をかけ、その騒動に紛れて、水野さまやそれに近い方々を殺すということです。その中には、老中・真田《さなだ》幸貫《ゆきつら》さま、側用人《そばようにん》・堀親寚《ほりちかしげ》さま、若年寄・遠藤《えんどう》胤統《たねのり》さま、北町奉行・遠山景元《とおやまかげもと》さま、南町奉行・鳥居《とりい》耀蔵《ようぞう》さま、小普請奉行・川路《かわじ》聖謨《としあきら》さまらがいらっしゃいます」

「それで、計画に加わっているのは？　捕らえた浪人の話では二十人以上いるそうだが」

「ええ、金で雇われている者なども含めたらそうでしょう。しかし、発起人は一橋無楽斎。そして、小早川勝元」

　権太夫は呼び捨てにした。

　さらに、続ける。

「関わっていると思われる主な者に、水野忠篤《ただあつ》、林忠英《はやしただふさ》、美濃部茂育《みのべもちなる》、田口喜行《たぐちよしゆき》、中野《なかの》清茂《きよしげ》らがおりますが、これらはまだ確信が持てぬところ。ただ、これらの者は水野越前守さまに左遷された者たちばかり」

「その者らはどうするのだ」

「仕方ありませんが、捕まえることは諦めるしかありません。ただ、この者らは一橋無楽斎と小早川勝元にそそのかされて、反乱に加わったのでしょう。そのふたりと共倒れするつもりはないでしょう」

権太夫は言い切る。

それから、文に書かれた日時は明日の夜五つ（午後八時）、場所は日本橋通油《とおりあぶら》町《ちょう》の料理茶屋『万清《まんせい》』だという。

「松永さまは、花倉さまと共に、そこへ乗り込んでください」

「ふたりでか」

「もっと人手を増やしますか」

嫌味ではなく、意見としてきいているようだった。

「敵の数はわからぬ。もうひとりくらいいた方が安心だ。佐島のように腕が立つ者が」

九郎兵衛は探るように、権太夫を見た。

「佐島さまには、引き続き、小早川勝元を監視してもらいます。この件は、敵方に知られてはいけません。よって、余程信頼の置ける人物でなければなりませんが……」

権太夫は腕を組んで考え出した。

「お前さんであれば、色々と駒はいるだろう」

「駒？　妙なことを」

権太夫は首を傾げてから、

「わかりました。一緒にそこへ討ち入りするわけではございませんが、万が一に備えて、天井裏にでも潜ませておきましょう。それで、よろしゅうございますかな」

と、持ち掛けてきた。

「よかろう」

九郎兵衛は承諾した。

それから、九郎兵衛が『浅野屋』へ戻ろうとすると、

「もう鉄車はいないのです。あそこに行く必要はございません」

権太夫はあっさりと言う。

「確かめたいことがある」

「何をです？」

「どうして、鉄車が死んだのかだ。文十郎は殺したがっていたからな。やはり、意図があったとしか思えぬ」

九郎兵衛は言った。

権太夫はため息をつき、

「そのような些細なことは、私どもで調べておきます。松永さまは明日に備えて、久しぶりにご自宅でゆっくりとなさってください」

と、きつい目をして言った。

「些細なことだと？」

九郎兵衛は反論したくなったが、権太夫のいつも以上に鋭い眼差しを感じて、渋々従うことにした。

翌日の暮れ。

九郎兵衛と花倉は『鯰屋』で落ち合った。

「ご武運を」

権太夫と番頭が送り出した。

道中、九郎兵衛と花倉は言葉少なに歩いた。どこかに、話を聞いている者がいるかもしれない。これから討ち入るのに、他愛のないことなど、九郎兵衛には話せない。それは花倉も同じようだった。

日本橋通油町まで、ふたりの足で四半刻（約三十分）もかからなかった。

すでに、『万清』の二階には灯りが点っている。

ふたりは、はす向かいの酒問屋に入った。これも、権太夫からの指示だ。

こちらが名乗らずとも、すんなりと入れてもらえた。

二階の通りに面した部屋で、九郎兵衛と花倉は『万清』を見張った。

「わしが、こんなことを。性に合わぬな」

花倉が冗談とも文句とも取れる口調で呟く。

『万清』に、続々と人が集まり出している。

「いつ踏み込むのかが、肝心ですな」

九郎兵衛は『万清』に目を向けたまま言った。

「いずれ、無楽斎がやってくるはず。そしたら」

「すでにいるやもしれません」

「その時には、天井裏に潜んでいる者が教えてくれるはずだ」

花倉がちらっと九郎兵衛を見た。

「教えるって、どのように？」

九郎兵衛はきいた。

「白い灯りを二回光らせたらいるということだ」

「白い灯り……」

「その者とは、合図として使っている。存じているかわからぬが、『浅野屋』の裏手に狼煙台がある。よくその者から合図を送ってもらっていた。そうすれば、わざわざ会わなくても済むからな」

あの狼煙台は、花倉に何かを報せるためのものだったのか。

納得すると共に、

「そいつは何者なんです」

と、九郎兵衛はきいた。

「おそらく、わしらと同じような立場にいるものだ。一度も会ったことはないが、元は泥棒で、江戸にいられなくなったところを権太夫に助けてもらったと、綾之助が教えてくれた」

「綾之助が？　綾之助も権太夫の手先だったので？」

「いや、あいつはあくまでも沼田さまの。ただ、権太夫が使っている忍びのような者とは面識があったらしい。そうだ、綾之助はお主のことも知っていた。その忍びから聞いたことがあるらしい」

そう言った時、花倉が「おっ」と身を乗り出した。

一橋無楽斎が『万清』に入った。

「行くぞ」

花倉が立ち上がった。九郎兵衛も続く。

一階へ下りて外に出る。

そして、『万清』の裏手に回る。

二階にはかなりの人数がいるはずなのに、声が全く漏れてこない。九郎兵衛の地獄耳をしても、聞こえなかった。

「ともかく行くぞ」

花倉の合図と共に、中に乗り込んだ。

入ってすぐのところには誰もいない。

ふたりは足音を消して、奥へ進んだ。

広い廊下の手前と奥に、階段がそれぞれある。

「わしは奥から」

花倉が、さっと走った。

九郎兵衛は警戒しながら、階段を忍び足で上る。

途中、後ろで気配がした。

振り返ると、店の者のような中年男がいた。

「あっ」

男が声を上げると同時に、九郎兵衛は咄嗟に刀を抜いて、階段を一気に飛び降りた。峰打で、男の首元に叩きつける。男は一瞬で倒れた。

九郎兵衛は二階を見上げる。
襖が開いた。
厳めしい侍が覗いた。
「誰だ！」
侍が叫んだ。
それと共に、五人がその侍の後ろに姿を現した。
九郎兵衛は刀を低く構えたまま、二階へ駆け上がった。
皆、刀を抜いて、九郎兵衛に向かってきた。
九郎兵衛は、瞬く間に全てを弾き、斬りつけた。
二階のさらに奥から雄たけびにも似た声が聞こえてくる。
花倉が向こうで戦いを始めているのだろう。
九郎兵衛は先に進んだ。
左手に、大広間が見える。
襖が開いていた。
中には二十名ほどがいる。それを相手に、花倉がひとりで立ち回りをしている。

独特の右肩をやけにいからせた姿勢から、素早い一撃を繰り出す。

「待たせてすみませぬ」

九郎兵衛は大広間に入った。

半分ほどが、九郎兵衛に向かってきた。

侍たちの隙間から、花倉と無楽斎がやり合っているのが見えた。

敵は次から次へと、九郎兵衛に向かってくる。

九郎兵衛はひとりずつ、なぎ倒す。

人数は多いが、苦労はなかった。狭いところでの斬り合いに慣れていないのか、敵は思うように刀を振れていなかった。気が付くと、辺りに十数名の侍が倒れていた。

九郎兵衛が倒した者、花倉が斬った者、そして、中には手裏剣が刺さっている者もいた。苦無《くない》と称される武器だ。

九郎兵衛は天井を見た。

一か所隙間が空いている。そこから、花倉と戦っている無楽斎に向かって、苦無が投げ込まれた。

無楽斎は花倉の攻撃を躱《かわ》しつつ、苦無を弾いた。

九郎兵衛は無楽斎に向かった。

無楽斎は九郎兵衛に気が付いたのか、急に腰を屈め、転がり込んだ。

倒れているひとりの刀を手にして、二刀流に構えた。

花倉がまず踏み込んだ。

続いて、九郎兵衛も突っ込んだ。

九郎兵衛は斜めから斬りつけたが、無楽斎は受け止めた。

すかさず、九郎兵衛は横一文字に斬りつける。

それも、無楽斎は刀で受け止めた。

さすがに、ふたりと、さらには天井裏からの苦無に気を遣いながらの戦いで、防御だけに留まっている。

それにしても、無楽斎の剣術は凄まじい。

だが、いずれ無楽斎も疲れる。動きが鈍くなれば。

そう思ったときに、無楽斎は両手の刀を放り投げた。

懐に手を入れ、瞬く間に、飛び道具を取り出した。

バンッと乾いた音がした。

花倉が肩を撃ち抜かれた。

「うっ」

鈍い声を出して、倒れ込む。

無楽斎はもう一丁の短筒を取り出す。

九郎兵衛に向かって放たれた。

鉛の玉が、九郎兵衛には見えた。

九郎兵衛は咄嗟に、避けた。

次の瞬間、無楽斎は窓から飛び降りた。

九郎兵衛も同じようにして、無楽斎を追いかける。花倉のことが気になったが、天井裏に潜んでいる男が助けてくれるだろう。それよりも、無楽斎を逃がしてはならない。その思いが強かった。

追い風だった。

途中まで追っていたが、暗さも相まって姿が見えなくなっていた。

だが、九郎兵衛は諦めなかった。

もしも、小早川勝元が首謀者であるならば、無楽斎はそこへ行くはずだ。

鍛冶橋《かじばし》の上屋敷か。

九郎兵衛はそこへ向かって足を進めた。

四

鍛冶橋に近づいた。

安芸鏡山藩の上屋敷が見えてきた。どうやって、中に入りこもうか。裏から白壁をよじ登るか。様々なことが脳裏に渦巻いたが、九郎兵衛の足は自然と正面の門へ向かっていた。

門番がふたり。

九郎兵衛を見るなり、ぎょっとした顔をする。

「何者」

ひとりがきく。

一か八かで、

「小野田宗衛門と申す」

と、適当に名乗った。

「先ほど、『万清』で襲われ……」

「何を訳のわからぬことを言っておる」

門番は余計に訝しむ。

「ともかく緊急の用だ。一橋無楽斎殿も来たであろう」

勝手に決め付けた。

門番は小さく頷いたが、中に通してくれない。

しばらく言い合っていると、中から格上の武士が出てきた。

「どうした」

「実はこの者が……」

門番は怪しいということを告げる。

九郎兵衛はもう一度、さっき使った偽名を名乗った。そして、一橋無楽斎の名を出した。

その武士はそれではっとしたようで、

「殿と、無楽斎殿はここにはおらぬ」

と、答えた。

「では、どこに」

「寺に移った」

「寺?」

「あの寺だ。わかるであろう」

武士が当然のように言う。

「ああ」

さらにきいたら疑われかねない。

九郎兵衛は上屋敷を去った。

しばらく近くの寺を回っていると、背後に気配がした。

はっと、振り返ると、佐島晋平であった。

「細かいことは後にして。先ほど、小早川勝元と無楽斎が落ち合いました」

佐島がそう言って、近くの寺へ案内してくれた。

庫裏《くり》に行くと、灯りが点っている。

庭を進んだ。

縁側のある広間の襖が開いている。初めて見る小早川勝元の姿があった。やせ型で、細面だが彫りの深い顔立ち。

無楽斎はいない。

「どこへ」

九郎兵衛がきくと、

「さっきまでいたのですが」

佐島は首を傾げた。

「権太夫からの新たな命です。勝元を殺せと」

「うむ」

「松永さまに」

「お主の腕前ならば」

「いえ、あの無楽斎が相手となれば」

佐島は首を横に振る。

ともかく、いま無楽斎はいない。都合が良い。

九郎兵衛は刀を抜き、上段に構えた。
庭から部屋に入り込み、
「御免」
飛び掛かろうとした。
その瞬間、背後の襖が開いた。
九郎兵衛は、咄嗟に横に退《の》いた。
くるりと体ごと振り向く。
一橋無楽斎がいた。
「えいっ」
無楽斎は鼻息を荒くして前のめりで突っ込んできた。
剣先が畳を掠める。
下から、刀を掬い上げる。
カチンと、刃が交わる甲高い音が響いた。
九郎兵衛は、右足に重心を置き、横から刀を払った。
弾いたと思った瞬間に、重たい力が加わる。一度離れた刀が、九郎兵衛の三日月に吸い込まれるように再び触れていた。
その時、九郎兵衛の視界から小早川が消えた。
正面を見ると、無楽斎が汗を飛ばしながら、刀を弾き返した。
九郎兵衛は、思わず仰《の》け反《ぞ》った。
再び、掬い上げるように刀が向かってきた。
九郎兵衛は避けた。
だが、無楽斎は体当たりをして、九郎兵衛が繰り出そうとしてきた技を封じた。
体勢が崩れている。
今度は無楽斎が上段から刀を振り下ろした。
九郎兵衛は片膝を突きながら、顔の前で受け止めた。
「ぬうう」
獣の唸りにも似た声が、無楽斎の喉から発せられる。
力でねじ伏せようとしてきている。
九郎兵衛は耐える。
無楽斎の胴に隙が出来た。

上体に重心が移っているということだ。

（今だ）

九郎兵衛は立てていた膝を引いた。そして、鍬《くわ》を振るように、三日月を頭上に回してから振り下ろした。

三日月が、無楽斎の右肩をざっくりと斬りつける。

一寸ほど喰い込むと、骨に当たった。

さらに力を加える。

ギシギシと歯ぎしりするかのような音が剣先から響く。

無楽斎の充血した目が、大きく見開く。

「うう」

無楽斎は消え入るような声を絞った。

瞳孔が開き切った。

ばたりと、その場に倒れ込む。

九郎兵衛は血振りして、廊下に出た。

端々に置かれていた行灯《あんどん》が倒れている。

九郎兵衛はその方へ進んだ。
渡り廊下の雨戸が開いている。
庭に出たか。
九郎兵衛は地面を見た。
草が踏みつけられた痕がある。そして、根付《ねつけ》のようなものが落ちている。
だが、少し先の土には足跡が残っていない。
九郎兵衛はそこをすぐに離れ、再び先へ進んだ。
廊下の突き当りは左右に分かれていた。どちらも奥行は同じくらい。
九郎兵衛は右に進んだ。
廊下をはさんで部屋が四つある。
それぞれ、襖を開けて中を確かめた。
小早川はどこにもいない。
続いて、廊下を戻った。
こちらには部屋がふたつ。
両方開けたが、姿は見当たらない。

外へ逃れたか。

いや、まだこの寺にいるはずだ。

どこかに隠し扉がある。確信した。


もう日が変わろうとしていた。

九郎兵衛は『鯰屋』へ行った。すると、番頭から南光庵へ行くように言われた。

すでに駕籠が用意されていた。

揺られること、四半刻あまり。

南光庵に入ると、みねが出迎えてくれた。

「松永さま。大変でしたようで」

「ああ」

「皆さま、お待ちです」

「皆さま？」

九郎兵衛は奥の間に入った。

沼田、久世、そして権太夫がいた。

「申し訳ございませぬ」

九郎兵衛は深々と頭を下げた。

「いや、お見事」

権太夫が笑顔で言った。

「見事？」

「小早川勝元のことです。あの悪党を倒してくれて、ほっとしております」

権太夫は沼田を憚らずに、ずけずけと言う。

「逃がしてしまった」

九郎兵衛が言うと、

「後の始末は、権太夫がしてくれる」

久世は相変わらず落ち着いている。

目の奥に、灰色の影が差した。

以前、九郎兵衛に鉄車力也殺しの依頼をした時と、同じ目だ。いまだに、あの時の久世が考えていたことがわからない。そして、いま、久世の吐いた言葉の裏にある気持ちもわからない。

「いずれにせよ、小早川家は取り潰しとなろう」

久世は、ぽつりと言う。

ちらっと、沼田を見た。

心なしか、悔しそうな顔をしている。

「ですが、生きていれば……」

九郎兵衛が続けようとしたところ、

「藩が取り潰されて何ができる。一揆を首謀するにしても、金もないだろうし、今までと違い金を貸してくれる商人もいないだろう」

と、久世は早口で遮った。

「それに、松永殿」

久世が呼びかけた。

「はっ」

九郎兵衛は改めて、久世を見る。

「お主には、鉄車の殺しを頼んだだけだ。それなのに」

苦言を呈されるのかと思いきや、

「それ以上のことをしてくれて嬉しく思う」

久世は笑みを浮かべ、

「ともかく、これを祝して」

と、言った。

「いえ」

「褒美はいらぬと？」

「こたびのことは、あまりやった気がしませぬ」

「旗本の家来の件は？」

「断らせていただきたい」

九郎兵衛は、強く言った。

「どうしてだ」

「自身の中で、納得がいっていないからにござる」

「されど、それではただ働きさせてしまったようなもの」

「構いませぬ」

「それでは、わしの気持ちが」

久世は穏やかな口調ながらも、厳しい目を向けてきた。それきり、ものも言わない。しばらくの間、無言が続いた。

その間、久世はじっと九郎兵衛の目を見続けた。

九郎兵衛は目を背けなかった。

久世は険しい表情で九郎兵衛を見た。

「松永殿、わしの立場も考慮してもらいたい。すでに先方とも話をつけてある」

久世は脇息に重心を移した。

すっと、立ち上がる。

「松永殿はよく働かれた。本来の命ではなかったが、その褒美はやらねばならぬ」

最後通牒とばかりに、もう一度、九郎兵衛をじっと見る。

「誰の配下になりまするか」

「南町奉行の鳥居」

久世が言った。

「鳥居耀蔵さまで？」

九郎兵衛はきき返した。

小早川勝元が殺そうとした中にも入っていた人物である。老中筆頭、水野越前守忠邦の一番の腹心だ。

「どうして、鳥居さまの」

「それは、いずれ話そう」

「いまは話せないので？」

九郎兵衛が引き下がらないと、権太夫が間に入った。

「久世さまは、松永さまのことを十分に考えてくださった上で仰っています。ここは素直に、引き受けるべきでございます」

権太夫の口調も厳しかった。

「ともかく、引き受けてくれ。お主のような者が必要だ」

「…………」

「それに」

久世は言いかけて、言葉を止めた。

癖であるのか、久世が言葉を止める時には、必ずその後に九郎兵衛が予想だにしないことを口にしてくる。

九郎兵衛は待った。

久世は薄い唇を軽く嚙むように、

「お主を、牢から出したのは、このわしだ」

と、渋るように言った。

「久世さまが?」

きき返したが、返答がない。

「権太夫は、それに乗じただけ」

「どういうことでしょう」

「あまり長々と話すべきではないと考えておる。いずれ、話す」

久世は苦い声で言った。

五

数日間、九郎兵衛はすることがなかった。『浅野屋』へ行こうとしても、権太夫が止める。鉄車のことはどうなったのか。訊ねてみると、まだ鉄車が死んだことは公表していないそうだ。

「文十郎の処分については？」

九郎兵衛はきいた。

「そうですな、みすみす死なせるなど、言語道断」

権太夫は、やけにきつい言い方をしながらも、

「しかし、調べてみなければ、実際に何があったのかわかりません。なぜ、死なせたのか。本当に誤っただけなのか、それとも久世さまから命が下って、断れなかったのか」

すでに権太夫の腹のうちには答えがありそうだったが、口にするどころか、顔にも出さなかった。

「少なからず、俺は今回の件で、文十郎の世話になった」

「存じております」

「よしなに取り計ってくれ」

九郎兵衛は言った。

権太夫は相も変わらず何を考えているのかわからない笑みを浮かべて頷いた。

その日の夜。

九郎兵衛の許を佐島晋平が訪れた。

佐島は苦しそうな表情を浮かべている。

「如何した」

「松永さまにお話をと。どうやら、疑われているようでしたので」

佐島の声は低かった。

「疑っていたのは確かだが、花倉殿にしろ、権太夫にしろ、お主が妙な企みを持っているわけではないと言うからな」

「そうですか。では、取り越し苦労でしたか」

「いや」

九郎兵衛は首を横に振る。

佐島がぎくりとした。

その様子を見て、

「まずお主に感謝せねばならぬな」

「感謝？」

「無楽斎を倒せたのは、お主のおかげ」

「私は場所をお教えしたのみ」

「いや、お主のおかげだ」

九郎兵衛は称えた。

普段、人を褒めることがないので、やけに気恥ずかしい。

「いえ、それが私の務めですから」

佐島は小さく微笑んで頷く。

「うむ、忠実にこなしている」

九郎兵衛はさらに褒めてから、

「ところで、お主も権太夫の命で動いているのか」

と、訊ねた。

「…………」

「俺や花倉殿と同じように」

九郎兵衛は誘い出すように言ったが、答えない。

「俺は、権太夫とは数年の縁になる」

「左様でございますか」

「この先、どうすればいいのか、どうなるのか、全て権太夫次第といったように感じられなくもない」

「松永さまであれば、きっと良いところへ仕官できるでしょう」

「だとよいが」

「今回の件で、鳥居耀蔵さまのご家来になられるとか」

「そのようだが」

九郎兵衛は首を傾げる。

「鳥居さまに取り入ることができれば、この先、出世することは間違いないでしょう」

佐島がうらやましそうに言った。

「なら、お主が代わってくれたら」

「え……」

「冗談だ」

九郎兵衛は軽く笑った。

「して、ききたいことがある」

　再び、真面目な口調で言った。

「はい」

　佐島の顔も引き締まる。

「佐島邦之助は、そなたの父ではないが、ややこしいことは措《お》くとしても、同じ家の先代の当主」

「はい」

「俺を尾けていたのは、それと関連しているのか」

「……………」

　少し間があってから、

「佐島邦之助殿は松永さまに捕まったことで、その後殺されたと耳にしました。むろん、仇などとは思ってもいませんでしたが、訳はどうあれ、私の先代に当たる方。佐島家当主として、松永さまのことを知っておかねばと、つい勝手に動いてしまいました。申し訳ございませぬ」

　と、深々と頭を下げた。

「それは武士として当然のこと。俺を調べて何かわかったか」

「松永さまは忠義なお方」

「忠義だと？」

九郎兵衛は軽く鼻で嗤った。

「そう思っております」

佐島の目は大真面目であった。

「そうか」

九郎兵衛は頷き、

「ところで、佐島家は旗本株を売ったというが、寧々の実家も二百石の旗本で、旗本株を売ったそうだな」

「はい」

「もしや、寧々というのは？」

九郎兵衛は切り込んだ。

佐島は少し間を置いてから、

「はい、佐島邦之助殿の娘です」

と、言った。

「やはり」

九郎兵衛は思わず呟く。

「お主と寧々が好い仲だというのは……」

「誤解されているようですが、私は寧々を助けてやりたいだけで、邪《よこしま》な気持ちはございません」

「では、恋心はないと？」

「……ええ」

「本当か」

「はい」

佐島は九郎兵衛の目をじっと見て頷いた。

「その寧々は俺のことを仇だと思っているのではないか」

「いえ、寧々はちゃんとした武家の娘です。松永さまは立場上、致し方なかったと言っております」

「本当に、寧々がそう言っていたのか」

「はい」

佐島の返答は、さっきよりも力強い。

「他に気になることはございますか」

佐島がきいてきた。

「ある」

九郎兵衛は頷いた。

「寧々には姉妹がおるのではないか」

「はい。ただし、腹違いにございます」

「腹違い？」

「佐島邦之助殿の妾の娘が……」

「それが南光庵のみねだと」

「はい」

「互いに、腹違いの姉妹がいることは」

「知っていますが、会ったことは一度もないようで」

「だが、どちらも権太夫の手の内にあるというのか」

九郎兵衛は思わずため息を漏らす。

「寧々は違います」

すぐに、佐島が正した。

「違うとは？」

「みねは確かに権太夫に助けられました。しかし、寧々は綾之助殿が助け出したんです」

「綾之助というと、鉄車に殺された、あの綾之助か」

「はい」

佐島は頷いた。

「それが、どうして文十郎の許に？」

「綾之助殿は危険な任務をこなしているので、自分が育てることはできないと。それで、信頼の置ける文十郎に預けました」

「なるほど」

「寧々は今でも、綾之助殿のことを恩人だと思っております。よく自分には父が三人いると。ひとりは実の父親の邦之助殿。あとは、綾之助殿と文十郎」

「そうか。だが、その綾之助は鉄車に殺された」

「残念ながら」

「文十郎が鉄車を殺したのは、もしや、綾之助の仇を討つために?」

「そこが不思議でございます。というのも、文十郎がそのようなことをするとは思えません。現に、鉄車が死んだとされている時、私は文十郎と会っていたんです」

「だが、ふぐの毒で死んだのだろう。ひれ酒と一緒に呑ませて」

「だとしても、わざわざ私と会っているでしょうか」

「なら、お前は……」

九郎兵衛が言いかけた時、佐島がきっぱりと言った。

「それは、私たちが出る幕ではないと思います。権太夫は鉄車を死なせた件で、表には出さないですが、相当怒っているようです。下手をすると、文十郎は命さえ危ないかもしれません」

「なぜ、そんなに」

「自分の命に従わなかったり、遂行できないときには、何をするかわからない恐ろしさがあの人にはあります」

佐島は厳かに言った。

「ともかく、私は文十郎の仕業ではないと。それに、寧々が近くの漁師にふぐの肝を買いに行ったことがわかっています」

「寧々が？」

「おそらく、権太夫には知られていないと思いますが……」

佐島は心配そうに顔を歪める。

それから、他愛のないことを話して、

「今度、ゆっくりと呑みましょう」

と言って、佐島は去っていった。

九郎兵衛は、妙な胸騒ぎがしてならなかった。

数日後、九郎兵衛は『鯰屋』に用があり、その帰り道に、偶々文十郎と出くわした。

文十郎は、げっそりとしていた。

九郎兵衛は話があると、近くの腰掛茶屋に誘った。

文十郎は付いてはきたが、元気がなかった。

「鉄車のことを引きずっているのか」

九郎兵衛はきく。

「ええ、私の失態です」

消え入るような声であった。

「どうして鉄車を死なせた」

「ですので、誤って」

「どうも納得がゆかぬ。そもそも、お主がやったのか」

「えっ」

文十郎は、ぎょっとする。

「佐島晋平から話は聞いた」

「話といいますと？」

「惚けるでない。お主は寧々にとって父親代わりだ。そして寧々のもうひとりの命の恩人が綾乃助。綾乃助が任務の途中で、鉄車に正体を見破られ、殺された。寧々は鉄車に復讐したかった。それをお主が被った」

「いえ」

「近くの漁師が、ふぐの肝を寧々が買いに来たと言っている」

「それは私が頼んだのであって」

「もしも、お主がやったなら、自身で買いに行くはずではないか」

「細かな買い物は、あの子にさせています」

「あれが細かな買い物か？」

「それは……」

「身代わりになろうとしているだけだろう。だが、鉄車のことなら権太夫がうまく誤魔化してくれる」

「しかし、大関が亡くなったのです。世間では」

「万事、権太夫がやってくれると言っておる」

「ですが」

「権太夫のことは信用ならぬか」

「…………」

「奴とは、何かあったのか」

「いえ」

文十郎は口ごもる。

さらに追及したが、答えてくれない。

「もしお主に罪を被せるようなことがあれば、俺が権太夫を許さない。お前がわざわざ責めを負うことはない」

九郎兵衛はなかなか認めない文十郎に、痺れを切らすように言った。

「松永さまが」

「それでも、信用できぬか」

「いいえ。恐れ多いことに」

「寧々のために罪を被ろうとしたことを認めるんだな」

「はい」

文十郎が首を縦に振った。

「俺に任せろ。お主や寧々には手出しはさせない」

九郎兵衛はもう一度口にして、文十郎の肩に手を置いた。

文十郎は複雑な表情で、九郎兵衛を見つめる。

「すぐに行く。ここの支払いは」

「もちろん、私が」

文十郎が引き受けた。

「では」

九郎兵衛は立ち上がると、しっかりとした足取りで『鯱屋』に向かった。

向かい風であった。

雲間から太陽が覗いているが、やけに弱々しい陽差しであった。

それでも、九郎兵衛は気を奮い立たせて、一歩一歩、進んだ。

この作品は書き下ろしです。

幻冬舎時代小説文庫

●好評既刊

月夜の牙　義賊・神田小僧

小杉健治

紙問屋のおかみに頼まれて用心棒になった浪人の九郎兵衛。直後に入った押し込みを辛くも退けるが、紙問屋の番頭はおかみが盗賊を手引きしたと言い始める。日陰者が悪党を斬る傑作時代小説。

●好評既刊

祈りの陰　義賊・神田小僧

小杉健治

鋳掛屋の巳之助は女の弱みを握って金を巻き上げている祈禱団の噂を耳にする。祈禱団には浪人の九郎兵衛も目を付けていた。二人が真相を探ると、勘定方の役人も絡む悪行が浮かび上がり……。

●好評既刊

名もなき剣　義賊・神田小僧

小杉健治

鋳掛屋の巳之助が浪人の死体に遭遇した。傍らにタバコ入れ、持ち主は商家の元若旦那の太吉郎。巳之助と親しい常磐津の菊文字と恋仲だった男だ。巳之助は太吉郎を匿い、真相を調べるが……。

●好評既刊

儚き名刀　義賊・神田小僧

小杉健治

遺体で見つかった武士は、浪人の九郎兵衛が丸亀藩時代に命を救ってもらった盟友だった。下手人は義賊の巳之助が信頼する御家人。仇を討ちたい九郎兵衛と無実を信じる巳之助が真相を探る。

●好評既刊

夫婦《めおと》道中　うつけ屋敷の旗本大家《おおや》　三

井原忠政

謎の三姉妹からの屋敷の店子になりたいという申し出。だが、姉妹の目的はある住人の始末だった⁉ しかもここで借金問題も再燃。小太郎は、二つの難題を解決できるのか？　笑いと涙の時代小説。

幻冬舎時代小説文庫

●最新刊
酒と飯
居酒屋お夏 春夏秋冬
岡本さとる

山の先生の身に何か起こるんじゃないか――。亡父の弟弟子・黒沢団蔵の言動に微かな異変を感じたお夏が知ったのは、武芸の道に生きる男ならではの壮烈な覚悟だった。人気シリーズ第九弾。

●最新刊
小梅のとっちめ灸
(六)さらばの灸
金子成人

恋仲だった清七の死の謎を追う小梅はついに真相に辿り着こうとしていた。そんな折、奉行・鳥居耀蔵から出療治の依頼が。小梅はある決意を胸に灸据所を後にして……。シリーズ堂々完結！

●最新刊
姫と剣士 四
佐々木裕一

尊王攘夷派として追われていた智将は遂に捕縛され、弟の伊織に道場を任せると告げた。だが、道場を継ぐことはすなわち琴乃との別れを意味する。伊織と琴乃の運命が再び交わる日は来るのか――。

●最新刊
十五夜草
小烏神社奇譚
篠　綾子

父親の墓参りへ行った泰山が、墓守の鬼に取り憑かれる。死んだ親兄弟を忘れたり、死者を嘆かせるようなことをしなければ害は与えないと言うが、泰山は何か思い悩んでいるようで……。

●最新刊
千夏の光
蘭学小町の捕物帖
山本巧次

江戸で指折りの蘭方医を父に持ち、蘭学に傾倒する千夏。問屋の番頭が殺された件を調べると父が信頼する薬屋が関わっていて……。跳ね返り娘が科学の知識を駆使して難事件に挑むミステリー。

刃《やいば》の叫《さけ》び
はぐれ武士《ぶし》・松永九郎兵衛《まつながくろべえ》

小杉健治《こすぎけんじ》

令和6年12月5日　初版発行

発行人――石原正康
編集人――高部真人
発行所――株式会社幻冬舎
〒151-0051東京都渋谷区千駄ヶ谷4-9-7
電話　03(5411)6222(営業)
　　　03(5411)6211(編集)
公式HP　https://www.gentosha.co.jp/
印刷・製本―株式会社　光邦
装丁者――高橋雅之

幻冬舎時代小説文庫

ISBN978-4-344-43442-4　C0193　こ-38-18